Nora Miedler

Zuckerwatteträume

Warum kann man Fettnäpfchen nicht einfach aufessen?

Weitere Bücher von Nora Miedler
im Arena Verlag:

Kühlschrank-Chroniken
Funkentanz
Lügenprinzessin

Nora Miedler, geboren 1977, studierte Schauspiel am Konservatorium Wien und war auf zahlreichen Bühnen zu sehen. Ihr Krimidebüt *Warten auf Poirot* war der Überraschungserfolg des Jahres 2009 und wurde für den Leo-Perutz-Preis der Stadt Wien für Kriminalliteratur nominiert und außerdem für das ZDF verfilmt. Neben ihren Krimis und Thrillern hat sie auch erfolgreich Frauenromane veröffentlicht.

NORA MIEDLER

Zuckerwatteträume

Warum kann man Fettnäpfchen nicht einfach aufessen?

Arena

FSC
www.fsc.org
MIX
Papier aus verantwortungsvollen Quellen
FSC® C110508

1. Auflage 2017

Coverillustration: Martina Frank
Covergestaltung: FAVORITBUERO
Gesamtherstellung: Westermann Druck Zwickau GmbH
ISBN 978-3-401-60341-4

Besuche uns unter:
www.arena-verlag.de
www.twitter.com/arenaverlag
www.facebook.com/arenaverlagfans

Samstag, 29. Juli

Status: Möchte von Aliens abgeholt und auf die Venus befördert werden (Venus = Frauenplanet! Keine Jungs dort weit und breit!).

12:05 Uhr. Mist, Mist, Mist, Mist, Mist!
Nein, nein, nein, nein, nein, nein, nein, nein, nein!!!

Scheiße.

Tod, süßer Tod, bitte hol mich heim zu dir.

Aaaaaaaarrrrrrrghhhhhh, was soll jetzt das schon wieder, Ali? Süßer Tod, hol mich heim zu dir?!

Oh Gott, dieses scheiß Pathos, dieses Geschwafel, das hat mich doch erst da hingebracht, wo ich jetzt bin, also Schluss damit! Schluhuuss!!!

Ich bin so unfähig! KOMPLETT UNFÄHIG!

Habe ich wirklich der ganzen Welt verraten (also zumindest der ganzen Schule und den Eltern), was ich für Ben empfinde? Und das auch noch auf eine dermaßen peinliche Art, dass nicht nur ich, sondern vor allem auch Ben für immer mit dieser Schande leben muss?

Ich könnte heulen, echt ...

Meine Mutter nervt schon wieder. Schneit alle paar

Minuten rein, um mir zu erklären, dass die ganze Sache nicht so dramatisch ist, wie ich sie sehe.

Ha! Die hat doch keine Ahnung, die hat doch längst alles vergessen, was wichtig ist. Sie lebt auf ihrem Erwachsenen-Berufs-und-Kindergroßzieh-Planeten und hat keinen Plan, wie das Leben läuft!

13:00 Uhr. S – C – H – E – I – S – S – E!

23:55 Uhr. Ich hasse mich. Ich bin so blöd. Ich muss sterben.

Sonntag, 30. Juli

Status: Keine Aliens gekommen. ☹ Wo sind die, wenn man sie wirklich braucht?! Möchte immer noch auf die Venus … Wahlweise auch auf jeden anderen Planeten weit weg von hier.

00:05 Uhr. Ich will sterben!!!

Aber vorher gehe ich noch mal schlafen …

10:25 Uhr. Okay, ganz ruhig, Ali. Vielleicht hat Mama ja recht und es ist alles gar nicht so schlimm …

Was ist denn schon Großartiges passiert? Gut, ich habe mich total blamiert und den Jungen, in den ich verliebt bin, gleich mit …

Doch, es ist schlimm. So ziemlich das tiefste Fettnäpfchen, in das ich je reingetreten bin. Jetzt sind schon eineinhalb Tage seitdem vergangen, aber es fühlt sich noch immer schrecklich an.

Natürlich ist das alles eigentlich Maries Schuld, aber das hilft mir leider gar nicht.

11:10 Uhr. Marie hat eben angerufen. Als hätte sie geahnt, was ich gerade geschrieben habe. Sie hat versucht, mich aufzuheitern. Ohne Erfolg. Und sie hat sich noch einmal entschuldigt.

Das Komische ist, dass ich eigentlich gar nicht sauer auf *sie* bin, sondern nur auf mich selbst. Obwohl es diesmal wirklich nicht mein Fehler war.

Scheiße! Scheiße! Scheiße!

Ich möchte sterben. Ganz schnell.

Ich will ja nicht behaupten, dass es kein größeres Leid auf der Welt gibt als meines, aber ganz bestimmt hat noch nie ein Mensch auf dieser Welt etwas *Peinlicheres* durchstehen müssen als ich.

Wenn wir wenigstens in einer Riesenmetropole leben würden, dann könnte ich mich den ganzen Sommer verstecken. Aber in unserem kleinen Kaff in Bayern, mit gerade mal zehntausend Einwohnern? No way.

Meine Fähigkeit, jedes Fettnäpfchen zu finden und mit Anlauf hineinzuspringen, ist in unserer »Stadt« sowieso schon so verbreitet wie die Pest in Europa im 14. Jahrhundert.

Mit *der* Aktion habe ich wirklich endgültig den Grundstein für meine Ausreise gelegt.

11:50 Uhr. Hey, wenigstens weiß Ben jetzt, wer ich bin.

Hahaha.

Scheiße.

22:15 Uhr. Den ganzen Abend die größten Blamagen und Fettnäpfchen der Welt auf YouTube angesehen. Konnte mich auch nicht trösten.

Tausendmal lieber hätte ich auf meiner Hochzeit die Perücke verloren, weil mein frisch angetrauter Ehemann vor lauter Aufregung ohnmächtig wird, umkippt und mit dem Hintern auf meinem bodenlangen Schleier landet, den er mir mitsamt Perücke runterreißt.

Milliardenmal eher könnte ich es ertragen, wenn irgendein Kleinkind meinen Rock lüpft, während ich im Supermarkt an der Wursttheke stehe, und alle Leute meinen alten beigen Oma-Schlüpfer sehen.

Ich glaube, mir wäre es sogar lieber, ich hätte vor meiner ganzen Klasse lautstark einen fahren lassen – so, wie es Caro einmal passiert ist, als sie am Vorabend drei Teller Chili bei ihrer Großmutter gegessen hatte.

Alles wäre mir lieber als das, was ich jetzt durchzustehen habe.

Gerade ist es wieder ganz schlimm. Ich spüre nicht nur diese Schmach und Schande, wegen der ich am liebsten im Erdboden versinken würde (könnte ich das nur auch mal so gut, wie in Fettnäpfchen zu treten), sondern bin auch total traurig.

Ich könnte mir in den Arsch treten, weil ich nicht nur die peinlichste Dummheit des ~~Jahrhunderts~~ Jahrtausends begangen habe, sondern auch noch ausgerechnet *Ben* damit geschadet habe.

Er wird mich für immer hassen. FÜR IMMER.

Ach Ben … es tut mir so leid.

Wenn er mich nur wirklich kennen würde und wüsste, wie sehr ich ihn liebe … Oh halt! Das weiß er ja jetzt. *Alle* wissen es! Denn ich musste es ja unbedingt vor der ganzen Welt ausquatschen. Und natürlich auf die beschämendste Art und Weise, die aufzutreiben war! Du bist wirklich ein Genie, Ali!

Arrrrghhh!

Egal! Das, was passiert ist, wird mich nicht daran hindern, Ben zu kriegen. Ich schwöre bei allem, auf das man nur schwören kann: ICH WERDE IHN KRIEGEN! Denn er und ich, wir gehören zusammen.

Auch wenn er das noch nicht weiß.

Und wenn ich ihn erst habe, dann werde ich ihm beweisen, wie sehr ich ihn liebe – mehr, als alle klapprigen Supermodels auf unserer Schule es je könnten. Die interessieren sich eh nur für ihr Aussehen – und dann wird er erkennen, dass es nur auf die Größe des Herzens ankommt, nicht auf den Körperumfang.

Und dann lachen wir darüber, was passiert ist. Und irgendwann werden wir unseren Enkelkindern davon erzählen.

Ganz bestimmt.

Es sei denn, ich sterbe vorher vor Scham.

Wieso bin ich eigentlich noch nicht in meinen eigenen Fettnäpfchen ersoffen?

Montag, 31. Juli

Status: Kurzer Anflug von Erleichterung wegen ausgeklügeltem Plan (nur fragwürdig, ob und ab wann durchführbar).

0:25 Uhr. Ich werde Nonne. Das ist es! Jeder andere Lebensplan würde nur wieder in einer Katastrophe enden.

9:55 Uhr. Habe mich die letzte halbe Stunde auf diversen Kirchenwebsites über den Beruf der Nonne informiert. Na ja, auf *einer* Kirchenwebsite, das andere waren Diskussionsforen. Und die waren das eigentlich Spannende.

Interessant, dass es *wirklich* Mädchen in meinem Alter gibt, die Nonne werden wollen. Als Gründe nennen sie eigentlich alle einen der folgenden:

Weil ich mich dazu berufen fühle, mein Leben Gott (wahlweise auch *Jesus) zu widmen.*

Und/oder: *Weil ich mit den fehlenden Werten und der Oberflächlichkeit in der weltlichen Gemeinschaft nicht klarkomme.*

Hmm.

Keine Einzige ist Nonne geworden, weil sie vor Schmach und Schande an einen Ort fliehen musste, wo niemand sie kennt und wo auch keine Gefahr besteht, dass sie dort auf einen Hammerkerl trifft, in dessen Gegenwart sie sich in Fettnäpfchen wälzen kann.

Sollte mir das zu denken geben? Dass ich womöglich die Einzige wäre, die aus genau diesen Gründen ins Kloster ginge? Ohne die ganze Gottesfurcht und die Berufung, von denen die anderen hier schreiben.

Hm.

Jedenfalls muss ich zuerst noch der Kirche beitreten und mich taufen lassen, sonst wird das nichts mit der Nonnenlaufbahn.

Nicht vergessen: Eltern vorwerfen, dass es ein großes Versäumnis von ihnen war, ihre Tochter nicht der heiligen Taufe zuzuführen.

Dass ich mir meinen Glauben oder Nichtglauben selbst aussuchen soll, wenn ich alt genug bin, ist ja schön und gut und sehr liberal gedacht, aber ist ihnen denn nie der Gedanke gekommen, dass ihre Tochter dadurch benachteiligt sein könnte? Zum Beispiel eben beim Nonnewerden?

10:20 Uhr. Arrrrghh, meine Mutter hat mich in der letzten Stunde circa fünfzehnmal angerufen und mir ins Gewissen geredet, dass ich mich schleunigst auf den Weg ins Freibad machen und den Sommer genießen soll.

Ich wollte ihr verklickern, dass ich lieber Mathe lerne, um in der Elften so richtig toll durchstarten zu können, aber natürlich glaubt sie mir kein Wort.

Hey, gerade fällt mir ein, dass ich nie wieder Mathe lernen müsste, wenn ich ab sofort ins Kloster ginge. Oder?

11:45 Uhr. Um mich ein wenig zu trösten, habe ich vorhin beschlossen, mein Mittagessen auf elf Uhr vorzuverlegen und anstatt des Tomaten-Gurken-Salats, den meine Mutter mir heute früh vorbereitet hat, eine Schachtel Schokocookies zu vertilgen.

Was soll das überhaupt? Muss mir jetzt sogar schon meine eigene Mutter mittels Gesundheitsfraß (Tomaten-Gurken-Salat!) unter die Nase reiben, dass ich mehr Kilo auf die Waage bringe als meine Freundinnen? Ich kann ja wohl wirklich nichts dafür, dass Marie, Marie-Jolie und Caro alles Hungerhaken sind!

Darauf angesprochen hat meine Mutter am Telefon behauptet, dass sie lediglich auf meine eigene Frustration bezüglich meiner Figur reagiert habe. Sie hätte mir erst letzte Woche gesagt, dass ich eine ganz wunderbare, weibliche Figur habe und sie es nicht nötig fände, dass ich auch nur ein Gramm abnehme.

Hmm, ja, kann sein. Kann auch sein, dass ich sie daraufhin böse angesehen und verlangt habe, mich ab jetzt mit Trennkost zu versorgen, weil ich den ganzen Sommer über nichts anderes als Salat essen will, anstatt Pommes und Eis im Schwimmbad.

Ha, Schwimmbad. Sowieso nicht gerade mein Lieblingsort. Hat mir letztes Jahr erst wieder eines dieser super Aha-Erlebnisse beschert.

Ich war mit den Mädels shoppen und hatte mir einen neuen Tankini gekauft. Das Teil hat so Sachen wie Bäuchlein und Hüften einfach weggeschummelt. Ich fand plötzlich, dass ich eigentlich eine richtig gute Figur habe.

Die anderen waren auch begeistert. Marie hat sogar erklärt, dass sie auch gerne so sportliche Waden wie ich hätte. Und ich dachte: Ja, stimmt, eigentlich habe ich gar keine so unsportliche Figur. (Wenn man diese kleine Speckrolle am Bauch und die Dellen an den Hüften verdeckt.)

»Deine Arme sind auch richtig muskulös«, meinte Marie-Jolie daraufhin. Ich schaute in den Spiegel und fand, dass sie recht hatte. Abgesehen davon, dass ich sowieso der Meinung bin, dass wir nicht alle eine Wespentaille und Zahnstocherarme brauchen.

Tjaaa, als wir dann aber am nächsten Tag im Freibad zu viert aus der Umkleide kamen und dem großen Spiegel dort entgegenliefen, fielen mir fast die Augen aus dem Kopf.

Links und rechts von mir gingen Gigi Hadid und Bella Hadid und rechts außen lief eine unbekannte Schwester von ihnen. Jaaa ... und mittendrin ich – ein moppeliges Mädchen mit braunen Haaren und Durchschnittsgesicht.

Wo war meine sportliche Figur vom Vortag hin?

Hallo?! War ich wirklich doppelt so breit wie meine Freundinnen?

»Könnt ihr mir mal einen Gefallen tun?«, brach es plötzlich aus mir raus.

»Was ist denn los?«

»Ali?«

Ziemlich verzweifelt bat ich sie, mich kurz mal alleine vor den Spiegel zu lassen. Sie taten zwar wie geheißen, standen aber mit skeptischen Blicken da, ihre Streichholzärmchen vor der Brust verschränkt, die Hüften herausgeschoben, sodass ihre Knochen spitz hervortraten.

Ich ignorierte sie und atmete erleichtert auf. Tatsächlich. Ohne meine Magermodelfreundinnen neben mir gefiel mir mein Spiegelbild gleich viel besser.

»Alles klar bei dir, Ali?«

»Klar doch ist alles klar«, versicherte ich betont lässig, während ich mir überlegte, ob es nicht an der Zeit war, mir dickere Freundinnen zu suchen.

Hab ich aber natürlich nicht gemacht. Charakter geht vor Aussehen. Ich liebe meine Mädels – auch wenn sie mir zu dünn sind.

Und der Sommer im Freibad war dann trotzdem prima. Bis auf die eine Geschichte. Eine Ali-Geschichte eben.

Zwei Wochen vor Ferienende kam Ben aus dem Urlaub zurück und ich hatte über etwa sieben Ecken vernommen, dass er in ebenjenem Urlaub seine Freundin besucht hatte (wo auch immer die lebt) und dass es dort zum großen Krach zwischen den beiden gekommen war.

Juhuuu und große Freude bei mir natürlich.

Nur dass dann plötzlich eine gewisse Kira aus dem Nachbarort mitsamt ihren Tussenfreundinnen auf der Bildfläche – beziehungsweise im Schwimmbad – erschienen ist und Ben und seine Kumpels ständig mit denen rumgehangen haben.

Vor allem Kira hing im wahrsten Sinne des Wortes an Ben.

Na ja, am vorletzten Tag vor Schulbeginn, nachdem ich mir gerade ein Eis geholt hatte, sah ich Ben völlig allein im Strudelbecken. Also, nicht völlig allein natürlich, seine Kumpels waren ja ständig dabei und ein Dutzend anderer Leute natürlich auch, aber keine Kira und keine Kira-Tussenfreundinnen.

Ich wusste, das war meine Chance! Und die musste ich nutzen.

Sämtliche Einstiege ins Becken lagen auf der anderen Seite. Doch der kleine Abschnitt, in dem das Strudelbecken war, lag nur ein paar Meter vor mir. Da rannte ich einfach los und sprang.

Das war das erste und letzte Mal, dass ich ein Magic Double Caramel für einen Mann zu opfern bereit war, ehrlich.

In dem Moment, in dem ich sprang, fiel mir ein, dass ich das Eis noch in der Hand hatte. Caro, die meine Showeinlage aus einiger Entfernung beobachtet hatte, berichtete mir später, ich hätte beim Sprung ins

Wasser sogar noch schnell daran geschleckt (ich hoffe sehr, sie war einer optischen Täuschung erlegen).

Als ich aus dem Wasser auftauchte, schwamm ich gleich los, das Eis dabei nach oben aus dem Wasser gestreckt.

Eigentlich eine sportliche Leistung, vor allem wenn man bedenkt, dass ich gegen den Strudel schwimmen wollte, weil Ben von dieser Seite viel näher war.

Dann hörte ich ein gellendes Pfeifen. Der Bademeister hockte direkt über mir am Beckenrand. »Beckenrandsprünge verboten! Und was machst du mit dem Eis in der Hand? Sofort raus!«

Das konnte doch nicht wahr sein! Nicht jetzt, wo ich endlich die Chance hatte, Ben zu erobern!

»Bitte nicht ... ähm ... Herr Bademeister. Wenn Sie ganz kurz mein Eis halten, dann könnte ich schnell da rüberschwimmen und ...«

»Bist du noch ganz bei Trost, Fräulein? Sofort raus mit dir!«

Ich warf einen verzweifelten Blick Richtung Ben, zum ersten Mal froh darüber, dass ich für ihn unsichtbar war. Seine Kumpels hatten von der ganzen Aktion auch nichts mitbekommen. Andere Badegäste natürlich schon.

War verdammt peinlich, als ich versuchte, mit Eis in der Hand über den Beckenrand zu klettern, noch dazu mit dem Bauch an einer der Düsen klebend, was nicht nur wehtat, sondern fieserweise auch gleichzeitig kitzelte.

Ich glaube, das nahm mir der Bademeister besonders übel – dass ich auch noch blöd zu lachen anfing.

Irgendwann packte er mein Eis mit der einen, dann mich mit der anderen Hand und zog mich aus dem Wasser. »Gott, bist du schwer«, stöhnte er dabei.

Als ich endlich draußen war, verlangte ich mein Eis zurück und trat möglichst würdevoll meinen Rückzug an.

Das Double Caramel war halb geschmolzen und roch nach Chlor. Ich aß es trotzdem.

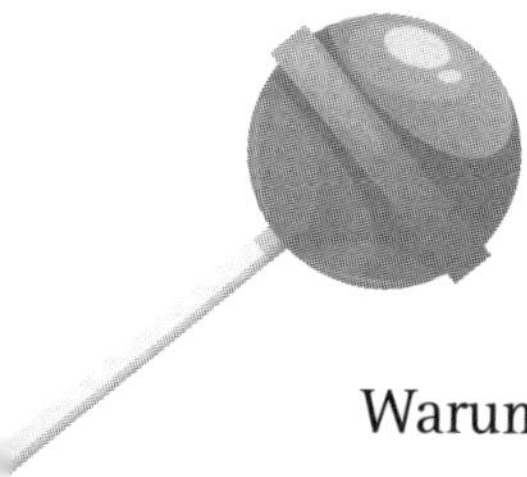

Nach dieser Geschichte würden mich keine zehn Pferde mehr ins Schwimmbad (und damit womöglich in Bens Nähe) bringen. Und nach der Blamage von Freitagabend erst recht nicht.

Warum sagt man das eigentlich so? Warum sind es ausgerechnet *zehn* Pferde, die einen irgendwo nicht hinbringen? Wenn auch nur *eines* dieser Monster auf mich zugaloppieren würde, würde ich sofort zur olympiareifen Läuferin werden, die mit Lichtgeschwindigkeit ins Freibad saust.

Denn wenn es etwas gibt, das ich noch schlimmer finde, als mich der Erniedrigung im Schwimmbad zu stellen, dann sind das Pferde. Also ein Pferd reicht eigentlich schon.

18:00 Uhr. Vielleicht haben meine Freundinnen doch recht, und ich sollte mich nach draußen wagen.

Sie waren am Nachmittag eine halbe Stunde hier

(also Marie und Caro; Marie-Jolie ist am Samstag mit ihren Eltern nach Kuala Lumpur geflogen) und haben versucht, mich ins Schwimmbad zu zerren. Oder zumindest zum Marktplatz, um ein Eis zu essen.

»Ich kann nicht«, hab ich ihnen gesagt, und als das auch beim zehnten Mal nichts half, habe ich Marie kummervoll angesehen und hinzugefügt: »Ach, wenn das bloß nie passiert wäre ...«

Nicht weil ich ihr ein schlechtes Gewissen machen wollte. Also schon, weil ich ihr ein schlechtes Gewissen machen wollte, aber nicht, weil ich sauer auf sie war, sondern weil ich ihre Hilfe brauchte, um mich gegen Caro und das Schwimmbad zu wehren.

Doch Marie fuhr mich lediglich an: »Schon gut, mach mir nur ein schlechtes Gewissen.« Nur um dann enthusiastisch hinzuzufügen: »Heute sind die Jungs vom Kleist-Gymi aus Muckenkirchen da. Du weißt schon, Joe, Claas, Chrissi, Bernd. Dieses Jahr haben sie schon alle Haare auf der Brust und sind so richtig männlich. Arrrrr.« Sie seufzte und schloss dabei schwärmerisch die Augen.

»Haare auf der Brust«, knurrte Caro verächtlich. »Ich finde, die sehen alle aus wie Affen.«

»Apropos Affe«, versuchte ich einen Scherz, um etwas cooler in Bezug auf Ben zu klingen. »Ist, ihr wisst schon, *er* auch da?« Wooow, das klang ja sehr cool! Und *gar* nicht verzweifelt.

Natürlich verdrehten beide die Augen. Doch dann waren sie sich nicht mehr so einig. Während Marie energisch den Kopf schüttelte, nickte Caro – was ihr einen Rempler von Marie einbrachte.

»Caro, echt jetzt, musste das sein?«

»Was denn? Soll ich Ali vielleicht anlügen?«

Marie nickte vehement. »Natürlich. In dem Fall schon!«

»Danke, Caro, dass du mir die Wahrheit sagst.«

»Ach komm schon ...« Marie rollte wieder mit den Augen.

Ha, jetzt hatte ich sie in der Hand. »Okay, Marie, ich geb dir noch eine Chance, mir die Wahrheit zu sagen. Sag mir ehrlich, war, ähm ... du weißt schon was, unsere kleine Einlage am Freitagabend, heute Thema im Schwimmbad oder nicht?«

Maries Augenbrauen hüpften in die Höhe. Ihr Gesichtsausdruck verriet nicht nur, dass sie gerade ganz angestrengt nachdachte, sondern entblößte noch dazu jeden einzelnen ihrer Gedankengänge:

Shit, natürlich war es Thema. Was heißt Thema? Es war das Einzige, *über das sämtliche Leute aus unserer Schule heute geredet beziehungsweise gelästert beziehungsweise höhnisch gelacht haben.*

Und dieser tragische Freitagabend, der für Ali wirklich total megapeinlich war, das muss ich zugeben, hat sich im Schwimmbad wie ein Lauffeuer herumgesprochen. Sogar die Jungs vom Kleist-Gymi wussten schon längst Bescheid, als wir kamen.

Aber wenn ich ihr das jetzt sage oder dass ich sogar gehört habe, dass Ben stocksauer auf sie ist – auf

»diese Moppelkuh aus der Parallelklasse«, wie er sie schrecklicherweise genannt hat; oh Gott, anscheinend weiß er immer noch nicht ihren Namen –, dann würde ich ihr letztendlich, also auf den Rest ihres Lebens bezogen, was Gutes damit tun.

Allerdings würde es ihr im ersten Moment so sehr zusetzen, dass sie den Rest ihres Lebens womöglich gar nicht mehr erleben würde, weil sie sich auf der Stelle suizidieren würde.

Was mach ich nur?

Schneller Blick zu Caro, die mich mitleidslos ansieht.

Verdammt, ist sie wirklich die bessere Freundin, nur weil sie die schonungslose Wahrheit ausspricht? Ist mein Versuch, Ali glücklich zu machen, wenn auch unter Zuhilfenahme ein paar kleiner Schwindeleien, nicht ein viel größerer Freundschaftsbeweis, weil es doch zeigt, dass mir nichts so sehr am Herzen liegt wie ihr Wohlbefinden?

Okay, das reichte mir. Ich hatte genug in Maries Gesichtsausdruck gelesen.

»Vergiss es«, sagte ich. »Ich weiß eh Bescheid.«

Marie sah mich verdutzt an. Ach bitte. Dachte sie wirklich, dass ich sooo schlecht im Lesen ihrer Gedanken bin?

00:15 Uhr. Heureka!

Was auch immer das genau heißen mag und woher auch immer dieser Ausruf kommt – heureka!

Die Lösung für meine Probleme ist vor einer halben Stunde in Form eines verzweifelten Anrufs einer gewissen Tante Ida, die ich bisher nur vom Hörensagen kenne, gekommen.

Nachdem sie meine Mutter aus dem Schlaf gerissen hatte, begrüßte Tante Ida sie mit den Worten: »Claudia, du hast doch eine Tochter, die jetzt ungefähr 16 oder 17 sein müsste. Hoffentlich hab ich das richtig in Erinnerung und sie ist nicht schon viel älter und lebt gar nicht mehr bei euch, hat längst einen Job und – na jedenfalls, Geld für einen Urlaub habt ihr keins, wie ich von mehreren Seiten gehört habe und vielleicht will deine Kleine ja auch bald ihren Führerschein machen, da dachte ich mir, sie kann einen Sommerjob bestimmt gut gebrauchen. Oje, sie hat doch noch keinen Job, oder?«

Mama echauffierte sich bei Papa darüber, wie respektlos ihre Tante mit ihr geredet hatte, und wiederholte ständig ihr einseitiges Gespräch.

Mir wurde diese Tante Ida dabei immer sympathischer. Es gibt nur wenige Menschen, die meine Mutter aus der Fassung bringen können.

Jetzt bin ich ganz aufgeregt. Tante Ida – die eigentlich meine Großtante ist, aber als Nachzüglerin in ihre Familie hineingeboren wurde und darum nur ein paar Jahre älter ist als meine Eltern –, ach, egal, auf jeden Fall gehören ihr in Disneytown, das im Schwarzwald liegt, die Indiana-Jones-Achterbahn, das Lightning-McQueen-Autodrom (auf gut Deutsch: Autoskooter),

Woodys Wurfbude, die Fluch-der-Karibik-Geisterbahn und – brrrrrrwääähhh – das Disney-Pony-Paradise alias Horseland (da setze ich keinen Fuß rein, das werde ich von vornherein klarstellen!).

Und gestern ist Tante Ida einer ihrer Angestellten abhandengekommen, weil er vor zwei Wochen das erste Mal nach 40 Jahren seine Sandkastenliebe wiedergetroffen hat!

Besagte Sandkastenliebe fuhr mit ihren beiden Neffen in der Geisterbahn und hat die Tickets bei ihm gekauft. Nachdem sie so lange aufeinander gewartet hatten, wollten sie keine Zeit mehr vergeuden und haben gestern noch geheiratet und er hat gleich darauf gekündigt, um erstens mit seiner Braut in die Flitterwochen zu fahren und anschließend zu ihr nach Berlin zu ziehen.

Wahnsinnig stressig für Tante Ida, wahnsinnig ideal für mich.

Ich wurde für die nächsten vier Wochen eingestellt, bekomme dort ein richtiges Gehalt und – das ist das Beste – ich wohne dort bei Tante Ida, drei Autostunden entfernt von hier. Das heißt, ich kann den Sommer doch noch outdoor verbringen, laufe aber nicht Gefahr, irgendjemandem von hier zu begegnen. Wahnsinnig ideal und wahnsinnig genial.

Mein erster richtiger Job. Und dann so was! In einem Ferienparadies. Ich verdiene Geld und mache gleichzeitig Urlaub, perfekter geht es gar nicht. Ich liebe

diese Tante Ida. Bin sehr gespannt auf sie. Aber ich habe ein gutes Gefühl, denn meine Mutter ist alles andere als begeistert von ihr. Sie findet sie zu verantwortungslos für ihr Alter und zu schrill und überhaupt alles, was für mich eigentlich ganz gemütlich klingt.

Zum Glück hat Mama trotz ihrer Vorbehalte gegenüber ihrer Tante zugestimmt, dass ich die Ferien in Disneytown verbringe. Ich glaube, sie hat sich wirklich Sorgen gemacht, dass ich nach einem Sommer zu Hause, ohne menschliche Kontakte, zum Grufti oder Emo mutiere und dann mein weiteres Leben mit weiß geschminktem Gesicht und schwarzen Lippen herumlaufe. Vielleicht mach ich mir den Spaß und komme im Emo-Look von meinem Sommerjob zurück, nur um sie ein bisschen zu ärgern.

Bin sooo happy. Endlich ein Lichtblick nach diesen trüben Tagen. Oh, oh, das Pathos kehrt zurück ... Ach was, nein, bin einfach nur überglücklich! ☺

Dienstag, 1. August

Status: Bereit für neue Abenteuer und endlich wieder happy!

8:30 Uhr. Aufgeregt. Sehr sogar.

Die erste Nacht seit Freitag, in der ich aus einem anderen Grund wach gelegen habe, als mich zu schämen und hunderttausendmal in Gedanken jene fünf Minuten durchzuspielen, die mich mein weiteres gesellschaftliches Leben plus alle Chancen auf eine erfüllte Liebe mit Ben gekostet haben; die erste Nacht seit Freitag, in der ich nicht unzählige (sondern nur circa 15) Dialoge mit einem imaginären Ben durchgegangen bin, an deren Anfang ich mich bei ihm entschuldige und die stets damit enden, dass er erkennt, was für eine faszinierende Persönlichkeit ich bin und wie wunderbar es ist, endlich einmal einen weiblichen Körper zu umarmen nach all den Hungerhaken, deren rausstehende Rippen ihm keinen Genuss mehr, sondern nur noch blaue Flecken beschert haben.

Ich habe sechs Stunden Zeit, um mein Zeug für die nächsten vier Wochen zu packen. Um halb drei wird mich Papa zu Tante Ida nach Disneytown fahren. Sehr, sehr aufgeregt.

Habe plötzlich das Gefühl, dass diese Sache meinem Leben einen Wendepunkt geben könnte. Vier Wochen weg von den Eltern. Leben wie eine Erwachsene. Arbeiten (auch wenn es nach Urlaub klingt und sicher einer werden wird, hihi ☺).

Und dann werde ich zurückkehren als reife, unerschütterliche Frau, sonnengebräunt vom vielen Aufenthalt im Freien, verantwortungsvoll, wahrscheinlich sogar durchtrainiert, weil ich mich sicher viel bewegen muss in dem Job. Ich meine, die Leute in die Geisterbahn setzen, die Dosen in der Wurfbude aufstellen ... hmm, irgendwie klingt das plötzlich doch nach Arbeit. Aber egal. Je mehr Arbeit, desto erwachsener, gefestigter und toller werde ich zurückkommen. Ben wird die neue Ali lieben!

13:20 Uhr. Marie war die letzten paar Stunden bei mir – vorweislich, um mir beim Packen zu helfen, in Wahrheit aber, um auf mich einzureden, diese »saublöde Idee mit dem Disneyscheiß« zu lassen und stattdessen einen herrlichen Sommer mit ihr im Freibad zu genießen.

Grrrr, Freibad. Wenn ich dieses Wort schon höre!

Am Schluss versuchte sie es auf die ganz harte Tour. In herausforderndem Tonfall sagte sie: »Gut, du fliehst jetzt vor den ganzen Begegnungen, aber weißt du was? Irgendwann musst du da trotzdem durch! Spätestens im September, wenn die Schule wieder losgeht. Wenn du das aber jetzt schon hinter dich bringst, wirst du einen ganz relaxten Schulanfang haben und wahnsinnig froh sein, dass du so klug warst, dich den Leuten gleich zu stellen. Abgesehen davon, dass es gar nicht so schlimm ist, wie du es dir vorstellst«, schob sie schnell hinterher.

»Wenn du es allerdings wochenlang aufschiebst, dann summieren sich die Auswirkungen der Angelegenheit womöglich. Vielleicht multiplizieren sie sich sogar ...«

Das ist mir momentan so was von scheißegal. Und wenn sich die ganze Angelegenheit *potenziert!* Hauptsache, ich muss mich nicht jetzt damit auseinandersetzen.

Außerdem – aber das würde ich Marie natürlich nicht sagen – wünsche ich mir nicht nur, durch meinen Sommerjob und die vier Wochen ohne meine Eltern reifer hierher zurückzukehren, sondern habe irgendwie auch die leise Hoffnung, dass ich während der Zeit in Disneytown einem Jungen begegne, der mich auf andere Gedanken bringt und der mich am Ende natürlich auch erhört, sodass ich Ben aus meinem Kopf bekomme und es mir völlig egal sein wird, was er über mich denkt.

Auch die Meinung meiner Mitschüler – und die der anderen Leute aus unserem Kaff – wird mir dann hoffentlich egal sein. Ich werde hoch erhobenen Hauptes zurückkehren. Eine ganz neue Ali.

Und nachdem ich Ben dann so wahnsinnig gelassen und gleichgültig entgegentrete, wird sein Interesse plötzlich derart entflammen, dass er gar nicht mehr anders kann, als mich anzuflehen, mit ihm auszugehen. Typen wollen doch immer das, was sie nicht haben können, oder? Zumindest ist es bei Frauen so, dass sie immer das haben wollen, was sie nicht haben können. Na gut, *ich* will oft das haben, was ich nicht haben kann. Aber warum sollte das bei Jungs anders sein? Bin da sehr zuversichtlich in der Hinsicht!

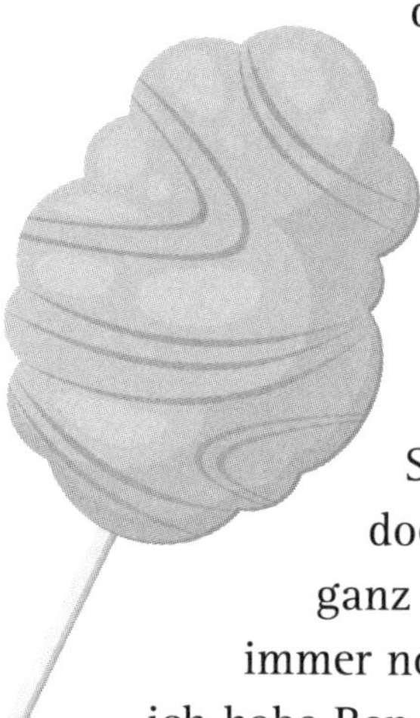

Ich werde mich ein wenig zieren. Schließlich habe ich ja diesen »Freund«, doch natürlich habe ich es mit dem nicht ganz ernst werden lassen, denn ich habe ja immer noch Ben im Kopf gehabt ... ach so, nein, ich habe Ben nicht mehr im Kopf gehabt, es mit dem anderen Jungen aber trotzdem nicht so ernst werden lassen, weil ich so wahnsinnig vernünftig bin und weiß, dass Fernbeziehungen (immerhin drei Stunden mit dem Auto, was ohne Führerschein schon eine ganz schöne Barriere darstellt) nie gut gehen. Natürlich gebe ich dann irgendwann nach und werde Ben erhören.

Na ja, also wie gesagt, aus welchem Grund auch immer (vielleicht weil sie mich dann für bescheuert halten könnte) erzählte ich Marie nichts von dieser Theorie.

Mann, was spinne ich da eigentlich schon wieder zusammen? Das alles ist natürlich völliger Blödsinn, schließlich habe ich ja ernsthaft damit spekuliert, Nonne zu werden, damit ich nie wieder einem Jungen begegnen muss!

Okay, ich fahre meine Erwartungen für die Zeit in Disneytown dann doch besser wieder etwas zurück: Ich hoffe – und das konnte ich Marie dann auch anvertrauen –, dass ich durch die Arbeit im neuen Umfeld, konfrontiert mit neuen Menschen, lerne, mich von solchen Wesen wie Jungs und so Angelegenheiten wie Fettnäpfchen nicht mehr tangieren zu lassen, weil sich mein Blick geweitet hat.

Ich werde mich auf die Nöte anderer Menschen konzentrieren (ich nehme doch mal an, dass die Leute, die ich dort kennenlerne, auch so ihr Päckchen zu tragen haben), ich werde zuhören und helfen und meine eigenen Probleme werden elendig in den Fettnäpfchen ertrinken, die mich von da an in Ruhe lassen werden. Heureka!

Marie hat sich davon nicht überzeugen lassen und nur gemeint, ich könnte genauso gut hierbleiben und mir im Freibad ihre Sorgen und Probleme anhören.

Hm, da hat sie natürlich recht. Ich muss aber trotzdem schleunigst von hier weg.

23:00 Uhr. Oh Gott, was hab ich mir bloß dabei gedacht? Ich in einem Vergnügungspark! Kann mir mal einer sagen, warum mir die Idee, zwischen Achterbahnen und Autoskooter zu arbeiten, so wahnsinnig erstrebenswert erschienen ist?

Und wie kam ich eigentlich darauf zu hoffen, die Fettnäpfchen wirklich hinter mir lassen zu können?

Okay, beruhige dich, Ali. So schlimm ist es auch wieder nicht.

Oder doch?

Dabei hat alles gar nicht so schlimm angefangen ...

Gut, der Abschied von Mama war komisch. Ich hatte mich so darauf gefreut, mal ihrer Fürsorge zu entkommen. Dem ständigen »Ali, geht's dir auch wirklich gut?«, »Es ist nicht so schlimm, wie du denkst«, »Davon geht die Welt nicht unter«. Und den neu dazugekommenen Sätzen wie: »Oh, diese Ida ...!«, »Wenn Ida denkt, sie kann herumbestimmen, dann hat sie sich aber geschnitten!«, »Ich lasse dich wirklich nur ungern weg, Ali ... vor allem zu Ida« und *»Oh, diese Ida!«*.

Aber dann, als Mama bei unserer Umarmung zum Abschied ihre knallrot lackierten Fingernägel besitzergreifend in meine Schultern rammte (»Aua, Mama« – »Jaja, aber ich hab dich doch so lieb und werde dich so vermissen«), da musste ich doch glatt die Tränen wegblinzeln. Megapeinlich. Aber vor lauter letzten guten Ermahnungen, die sie noch loswerden musste, bekam sie davon zum Glück nichts mit.

Die Autofahrt mit Paps war ganz nett. Das erste Mal seit Langem, dass ich ein paar Stunden mit ihm allein verbracht habe, ohne meine dominante Mutter, die jedes Gespräch an sich reißt. Interessant, was man da für Sachen erfährt. Beispielsweise wusste ich gar nicht, dass mein Vater vor einem halben Jahr begonnen hat, ein Buch zu schreiben.

Ich war ganz aufgeregt, als er mir davon erzählte!

»Ist es ein Thriller?«, fragte ich ihn. (Thriller lesen mein Vater und ich am liebsten.)

Er wiegte den Kopf hin und her. »Na ja, vielleicht könnte man es sogar Thriller nennen.«

»Dann eher ein Krimi?«

»Jaaa«, sagte er gedehnt, »so könnte man auch sagen.«

»Hä? Jetzt sag schon, was ist es? Ein Drama?«

»Ja. Das auf jeden Fall.«

Mir kam ein beunruhigender Gedanke, denn im Leben meines Vaters gibt es eigentlich nur ein Thema, das man mit Thriller, Krimi und vor allem Drama beschreiben kann.

»Du schreibst doch nicht etwa ein Buch über Mama, oder?«

Er warf mir einen kurzen, entsetzten Blick zu, bevor er sich wieder auf die Straße konzentrierte, und sagte: »Natürlich nicht. Ich schreibe einen Beziehungsratgeber.«

Ich verzog das Gesicht. Das war ja das Gleiche wie ein Buch über meine Mutter. »Weiß sie davon?«, fragte ich.

»Nein!« Vor einem Kreisel trat er so fest auf die Bremse, dass wir in unseren Sitzen nach vorne ruckten. »Und du wirst ihr auch nichts davon erzählen, ja?«

Ich schnaubte. »Natürlich nicht, ich bin doch nicht lebensmüde!«

Meine Mutter hat echt auch ihre guten Seiten. Wenn ich zum Beispiel krank bin, ist sie spitze und umsorgt mich mit allem, was man sich nur vorstellen kann. Sie bringt mir Pudding und Bananen und süße Milchbrötchen ans Bett, liest mir Geschichten vor (auch heute noch, ist mir aber gar nicht peinlich, ich finde das schön), legt mir kühle Waschlappen auf die Stirn und wickelt meine Füße in kalte Essigtücher, wenn ich Fieber habe.

Wenn ich aber nicht krank bin, dann ist sie ganz ähnlich fürsorglich (um nicht zu sagen, besorgt) und das kann einem schon ordentlich auf den Senkel gehen. Außerdem ist sie ein Kontrollfreak – sie muss immer über alles und jeden Bescheid wissen und sich in alles einmischen, auch wenn man sie nicht nach ihrer Meinung gefragt hat.

Ich fragte nicht danach, war mir aber ziemlich sicher, dass mein Vater – wenn er denn wirklich vorhatte, seinen Beziehungsratgeber zu veröffentlichen – ein Pseudonym verwenden würde.

Schon komisch, was man alles nicht mitbekommt, obwohl man zusammen unter einem Dach lebt. Ich betrachtete meinen Vater von der Seite – so lange, bis er es mitbekam, den Blick kurz von der Straße wandte und mich fragend ansah.

»Hmmm?«, machte er.

»Nichts«, behauptete ich, während ich insgeheim

darüber nachdachte, ob ich meinem Vater eigentlich ähnlich sah. Das klingt so komisch, wenn ich das schreibe, denn eigentlich weiß man im Normalfall doch, ob man seinen Eltern ähnlich sieht. Aber in meinem Fall ist das schwierig, finde ich.

Meine Eltern sind beide total dünn. Und dank alter Fotos von ihnen weiß ich, dass sie auch schon immer dünn waren. Richtig dürr.

Das ist schon eine sehr komische Sache mit den Genen. Irgendwie hat das bei uns nicht so hingehauen. Wieso bin ich so moppelig geraten? Es ist ja nicht so, dass meine Eltern nicht auch gerne essen würden.

Gut, meine Mutter ist mehr auf der Gemüseseite zu Hause. Das ist für ihre Figur sicher nur förderlich.

Aber da quetsch ich mich echt lieber in meinen Tankini und verzichte auf den Minibikini anstatt auf all die Köstlichkeiten dieser Welt: Schokolade, Koteletts, Pommes, Würstchen, Kuchen ...

Man muss das Leben doch auch genießen, oder?

Und wenn ein Typ mich nicht will, nur weil ich fünf oder zehn Kilo mehr wiege als irgendein Supermodel, dann pfeif ich auf ihn. Basta.

Vielleicht würde ich für Ben eine Ausnahme machen und auf all das verzichten. Aber irgendwie geht mir auch der Gedanke gegen den Strich.

»Hmmm?«, machte Papa erneut.

Ich schüttelte den Kopf und sagte: »Ich überlege nur gerade, wem von euch beiden ich ähnlicher sehe.«

Er lachte. Dabei meinte ich das total ernst!

»Ich hoffe doch, du siehst deiner Mutter ähnlicher«, sagte er schließlich.

»Warum?«

Er lachte wieder. »Na, weil deine Mutter eindeutig die hübschere von uns beiden ist.«

Da war ein gewisser Unterton in seiner Stimme, einer, den er normalerweise nur für mich reserviert hat, wenn er aus irgendeinem Grund stolz auf mich ist. Wie zum Beispiel damals, als unsere circa 260 Jahre alte Nachbarin ihn im Treppenhaus aufgehalten hat, um ihm zu erklären, wie toll er seine Tochter erzogen hat – weil ich sie, bevor ich in den Supermarkt gehe, öfter mal frage, ob ich ihr etwas mitbringen soll.

Als er mich am Abend – mit ebenjenem Unterton in der Stimme – darauf angesprochen hat, wusste ich gar nicht, was ich sagen sollte. So beeindruckend fand ich das nun wieder auch nicht. Wenn ich mal so circa 260 Jahre alt bin, werde ich sicher auch froh sein, wenn irgendjemand meine Wasserflaschen und mein Obst schleppt.

Es war irgendwie lustig, ein Kompliment aus dem Mund von Paps über Mamas Aussehen zu hören. Die beiden sind zwar eine harmonische Elterneinheit, aber eine besondere Romantik verbindet sie normalerweise nicht. Wobei ich mir darüber eigentlich auch noch nie Gedanken gemacht habe. Über das Liebesleben seiner Eltern *möchte* man auch gar nicht nachdenken.

Plötzlich hätte ich meinen Vater trotzdem gerne gefragt, ob man nach so vielen Jahren Ehe eigentlich noch verliebt ineinander ist.

Während ich noch hin und her überlegte, ob ich ihm und mir diese Frage und die daraus möglicherweise entstehende Verlegenheit antun konnte, sagte er plötzlich stotternd: »Deine ähm Mutter war ähm sehr, sehr hübsch als junges Mädchen. Ist sie ja noch immer.«

Okaaaay ...

Irgendwie süß, aber auch irgendwie total strange.

Jetzt im Nachhinein glaube ich, dass Paps deswegen so gesprächig war, weil ich für einige Zeit weg sein würde. Ja, gut, nur für vier Wochen – bis dahin wollte Tante Ida jemanden gefunden haben, der Vollzeit in Disneytown arbeiten konnte.

Eigentlich wollte Tante Ida mich für die ganzen Ferien einstellen, was gleich ein Riesenstreitpunkt zwischen ihr und meiner Mutter gewesen war, weil ich in meinem Alter nur vier Wochen im Jahr arbeiten darf.

Ich habe gehört, wie meine Mutter in ihr Handy zischte: »Nein, das wirst du nicht tun! Du wirst Ali nicht für die restlichen Tage schwarz bezahlen. Mein Kind soll lernen, dass es Regeln und Gesetze auf dieser Welt gibt, die man nicht einfach verbiegen kann. Nein ... nein, sicher nicht. Es ist mir völlig egal, ob du ihr dann das Doppelte zahlen würdest!«

So ein Satz kann auch nur von meinem schrecklichen Muttergetier kommen! Völlig egal, ob ich das Doppelte an Geld verdienen könnte? Pah!

»Du weißt schon, dass ich irgendwann ein Auto haben möchte und dass ihr mir viel weniger dazugeben müsst, wenn ich Geld verdiene«, sagte ich zähneknirschend nach ihrem Telefonat mit Tante Ida.

Darauf das Muttergetier: »Du weißt schon, dass nirgendwo in der Verfassung steht, dass Eltern verpflichtet sind, ihrem Kind einen fahrbaren Untersatz zu sponsern. Obwohl ich es trotzdem machen werde.«

»Ja?«

Kurzer Moment der Freude.

»Ja. Ich werde dir, auch wenn du erwachsen bist, gerne weiterhin eine Jahreskarte für die öffentlichen Verkehrsmittel kaufen.«

Kurzer Moment der Freude vorbei.

»Danke«, knurrte ich.

»Das ist tausendmal besser für die Umwelt und sicherer sowieso.«

»Bestimmt«, gab ich ihr recht – und schob zuckersüß hinterher: »Wieso genau fährst du noch mal Auto?«

Nachdem Paps und ich uns nach dem »Deine-Mama-ist-so-schön-Kommentar« verlegen anschwiegen, versuchte ich es mit einem Themawechsel. »Wie ist Tante Ida denn so?«

»Ida?« Er fuhr sich mit der Hand über das Gesicht. Dann schüttelte er den Kopf, sagte aber nichts.

»Paps?«

Hilfloses Schulterzucken, tiefes Durchatmen.

»Ist sie so schlimm?«, fragte ich misstrauisch.

»Im Gegensatz zu deiner Tante Ida«, sagte er schließlich, »ist deine Mutter ein schüchternes, kleines Mädchen ohne jedes Selbstbewusstsein.«

Ich starrte ihn an. Dachte darüber nach, wie jemand sein muss, in dessen Gegenwart meine Mutter ihr unerschütterliches Selbstbewusstsein verliert ... oje, nicht gut ...

Dieser Gedanke beschäftigte mich die restliche Fahrt über, während ich versuchte, nicht in Panik auszubrechen.

Weil Tante Ida jede Minute, in der Disneytown geöffnet ist, im Freizeitpark verbringt, war ausgemacht, dass mein Vater mich dort mitsamt meinem Koffer und meiner Tasche abliefern würde – bei der Indiana-Jones-Achterbahn, um genau zu sein.

Schade, dass mir nicht früher bewusst war, wie komisch man angestarrt wird, wenn man mit Koffer und Reisetasche bewaffnet durch einen Freizeitpark marschiert.

Bewaffnet kann man fast wörtlich nehmen, denn am Eingang musste ich den Koffer und die Tasche für die Securitys öffnen, als hätten wir Bomben oder sonst was darin.

»Sehen wir wie Terroristen aus?«, versuchte ich einen Scherz, der nicht so recht anzukommen schien.

»Ali, pssssst«, machte mein Vater verstört, was meiner Meinung nach ziemlich verdächtig klang.

Die Securitys verzogen keine Miene, sahen allenfalls genervt drein

und ließen uns letztendlich passieren, nachdem sie zwischen meinen Omaschlüpfern keine Bombe gefunden hatten.

»Ich finde es ganz schön krass, dass wir tatsächlich Eintritt zahlen mussten«, sagte ich zu Paps, als wir durch den Freizeitpark stapften. »Ich meine, hätte Ida den Kartenverkäufern nicht irgendetwas ausrichten können?«

»Ich leg mich sicher nicht mit ihr an«, sagte er. »Da zahl ich lieber die 60 Euro.«

Langsam begann ich mich richtig vor dieser Tante Ida zu fürchten. Meine Vorstellungen von ihr schwankten irgendwo zwischen Napoleon, der Supernanny und meiner Mutter herum.

Der erste Eindruck war dann aber eigentlich gar nicht so schlimm. Nachdem wir uns durch Horden von Familien und Pärchen gequetscht hatten – ich hatte sofort Lust, mir auch eine Zuckerwatte zu holen wie die ganzen Kinder –, trafen wir sie wie ausgemacht beim Eingang der Indiana-Jones-Achterbahn. Sobald sie Papa sah, riss sie den Arm hoch und winkte.

Sie trug einen Rock, der nicht mal die Hälfte ihrer Oberschenkel bedeckte. (Obwohl sie echt tolle Beine hat – und die Frau ist 50! Ich fühlte mich in meiner für das Wetter viel zu warmen Jeans und meinem Schlabbershirt wie ihre biedere, dickere Schwester.) Im ersten Moment kam sie mir sehr groß vor, aber später habe ich dann gemerkt, dass sie kaum größer ist als ich. Die zusätzlichen zehn Zentimeter kamen durch Sportschuhe mit Keilabatz (kotz, also das muss echt nicht sein, finde ich, in *keinem* Alter!).

Was ich relativ schnell festgestellt habe, ist, dass man bei ihr sehr gut zuhören und ständig mitdenken muss, denn sie ist etwas sprunghaft. Ich bin eigentlich immer der bescheidenen Meinung gewesen, eine gewisse Auffassungsgabe zu besitzen, doch seit gestern bin ich mir da nicht mehr so sicher. Allein schon Tante Idas Sprechtempo ist eine Herausforderung, weil doppelt so schnell wie bei anderen Menschen. Dafür kann sie natürlich auch – ohne viel Zeit zu verlieren – doppelt so viel sagen.

»Lass dich ansehen, Schätzchen. Das letzte Mal, als ich dich gesehen hab, warst du ungefähr so groß.« Sie stellte mit Daumen und Zeigefinger eine Spanne von circa zehn Zentimetern dar.

»Und du hattest kaum ein Haar auf dem Kopf, dabei warst du sicher schon zwei. Apropos zwei, ich hoffe, der Koffer und die Tasche sind alles an Gepäck, was du mithast? Sonst bekommen wir ein Problem mit dem Auto, das ist momentan etwas vollgestopft. Ein richtiger kleiner Wonneproppen warst du, trotzdem hab ich zu deiner Mutter damals gesagt: ›Danke, Claudia, dass du sie mir in all ihrer Pracht und mit ihrem kräftigen Stimmvolumen vorgeführt hast. Denn jetzt weiß ich, dass es völlig richtig war, sich gegen Kinder zu entscheiden.‹ Trotzdem warst du sehr süß. Aber wie du herumgebrüllt hast ... Bernd, nanu, du bist ja auch da!«

»Ja«, sagte Paps und klang so verwirrt, als wäre er selbst verwundert darüber, dass er da war. Ich verstand seine Verblüffung, immerhin hatte Tante Ida ihn eine Minute zuvor noch mit zwei Luftküsschen links und rechts begrüßt.

»Nun schau doch nicht so, das war doch nur ein kleiner Witz. Meine Güte, ich dachte, Claudia ist diejenige von euch beiden, die keinen Humor besitzt. Jetzt mach doch nicht schon wieder so ein Gesicht, das war auch nur ein Scherz!«

Sie schnalzte mit der Zunge. »Nun, wie sieht es aus, Paps? Leistest du deinem Töchterchen und mir heute noch Gesellschaft oder musst du schnell heim zum Rapport?«

»Äh, nun ...«, setzte mein Vater an, aber Tante Ida fiel ihm direkt wieder ins Wort.

»Ich weiß schon. Du musst heim. War nett, dich mal wieder gesehen zu haben. Gute Heimfahrt und die besten Grüße zu Hause!«

Schweigend verfolgte ich das einseitige Gespräch zwischen den beiden. Mama wäre längst an die Decke gegangen, wenn Ida sie so überrumpelt hätte.

»Aber soll ich nicht noch das Gepäck ...«

»Das schaffen wir schon, Paps. So, eine Umarmung noch, und ... wie heißt du noch gleich, meine Kleine?«

Das war doch jetzt hoffentlich auch nur ein Scherz. Bevor ich antworten konnte, redete Tante Ida auch schon weiter.

»Ach ja, Ali. Du, aber sag mal.« Sie sah meinen Vater

streng an. »Das ist doch kein ganzer Name. Nicht, dass ich Drei-Buchstaben-Namen nicht mögen würde. Wobei, eigentlich bin ich wirklich kein Fan davon, hätte mir selbst immer einen längeren Namen gewünscht. Ja, wie heißt sie denn nun?«

»Alicia«, sagten Papa und ich gleichzeitig.

»Oh«, war Idas einziger Kommentar. Danach komplimentierte sie meinen Vater so schnell und geschickt auf den Rückweg, dass ich mich kaum von ihm verabschieden konnte.

Dabei hatte ich ihn noch fragen wollen, ob er mir eine Zuckerwatte spendierte. Mein Taschengeld war ganz unten im Koffer eingepfercht. Sicherheitshalber, denn es konnte immer vorkommen, dass irgendwelche Diebe an einer Ampel unsere Autotüren aufreißen und mir den Rucksack klauen blablabla. Ja, so tickt meine Mutter.

»Ruf bald an, ja?«, rief er mir im Weggehen noch zu. Er sah unglaublich erleichtert darüber aus, das Treffen mit der gefürchteten Ida überstanden zu haben.

»Na klar!«

Eigentlich war ich sogar ganz froh darüber, dass der Abschied so flott über die Bühne gegangen war, denn es war doch ein komisches Gefühl, für vier Wochen von zu Hause weg zu sein.

»Meine Süße, ich hab es dir an der Nasenspitze angesehen, dass dir ein schneller Abschied lieber war, bevor uns die Sentimentalität übermannen konnte. Hatte ich recht?«, fragte Ida.

Ja, verdammt. In dem Moment begriff ich, was meine Mutter so sehr an Ida stören muss. Die beiden sind sich einfach zu ähnlich. Sie erfassen jede Situation sofort und reißen die Kontrolle an sich.

Sicher meinen sie es nur gut und liegen vielleicht auch richtig, aber man fühlt sich einfach total überfahren dabei. So, als wäre man nicht fähig, selbst die richtigen Entscheidungen zu treffen.

Tante Ida hätte doch eine ganz gute Mutter abgegeben.

Oh, Mann, dieser Tag ... Ich bin so was von fertig. Schreibe morgen weiter.

Mittwoch, 2. August

Status: Vom Regen in die Traufe! Oder auch: Bin völlig durch den Wind!

7:20 Uhr. Habe die erste Nacht in Tante Idas Haus überstanden.

Hier ist es gar nicht so schlecht. Ich hab ein eigenes Zimmer, in dem es auch einen Schreibtisch gibt, sodass ich super Tagebuch schreiben kann – auch wenn ich gerade auf dem Bett sitze, in dem ich wegen gestern leider nicht die schönsten Träume hatte.

Wie habe ich das nur wieder hingekriegt? 16 Jahre alt und ich bin nicht mal imstande, Geisterbahn zu fahren, ohne mir fast in die Hose zu machen und dann auch noch Chaos anzurichten! An meinem ersten Tag!

Und dann diese Typen hier. Dieser Rigo! Uff!

Der andere – Louis – ist ja anscheinend ganz nett, aber iiih, diese Maske! Und nett hin oder her, aber so richtig schlau werde ich nicht aus ihm.

Ha, als ob ich schon jemals aus Jungs schlau geworden wäre!

Und mit denen werde ich nun zusammenarbeiten müssen. Also Rigo tut mir ja fast ein bisschen leid.

Ich meine, ich finde meinen Namen auch nicht gerade prickelnd, aber ich glaube, ich habe es mit meinem Prollnamen Alicia besser getroffen als er. Rigobert würde ich nicht heißen wollen.

Solltet ihr, meine lieben Eltern, jemals verbotenerweise in mein Tagebuch schauen, dann ist DAS eure gerechte Strafe. Ja, ich finde meinen Namen prollig und es ist außerdem wahnsinnig nervig, wenn man einen Namen hat, von dem die Leute nie wissen, wie sie ihn aussprechen sollen, wenn sie ihn lesen. »Alissa«, »Älischa«, »Ellisa« oder auch: »Ah, Alice, wie die aus dem Wunderland, aber mit a hinten dran – wie spricht man das aus? Ellis-aaa?«. Alles schon gehört.

Wie bin ich jetzt eigentlich auf das Thema gekommen? Ach so ja, Rigobert. Ich wollte ihn fast schon Dagobert nennen. Passt doch nach Disneytown. Unsympathisch wie Onkel Dagobert ist er auch, eine echte Plage!

Auf seine Bekanntschaft hätte ich bei Idas Rundführung echt verzichten können.

»Das Erste, was wir machen, ist eine Runde durch unser Refugium«, verkündete Tante Ida, nachdem Papa die Flucht ergriffen hatte, und deutete auf die Achterbahn. »Der Herr dort oben ist Joe.« Sie zeigte auf einen Mann in ihrem Alter, der auf einem Trittbrett neben den Gleisen der Achterbahn stand und das Ein- und Aussteigen der Leute in die Wagen überwachte.

Es war irgendwie süß. Über seinem Kopf erhob sich

eine überlebensgroße Plastik von Indiana Jones und dieser Joe stand mit genau dem gleichen Hut darunter und hatte ein Lasso in der Hand. Nur dass er dabei nicht ganz so cool aussah wie Harrison Ford.

Obwohl wir einige Meter entfernt standen, konnte ich hören, wie er lautstark die Gäste der Achterbahn begrüßte. »Schnallen Sie sich gut an, wenn Sie den Ritt überleben wollen. Gut anschnallen, meine Herrschaften, es geht hier um Leben und Tod!« Er schnalzte das Lasso gegen seine Beine, hatte die andere Hand in die Hüften gestemmt und sah schon von hinten aus wie ein Kerl, der sich vorkommt wie Superman, Batman und Hulk in einem, in Wahrheit allerdings die »gefährliche« Ausstrahlung von Mickey Mouse hat.

»Joe, das ist Ali!«, rief Tante Ida ihm zu.

Als er sich umdrehte, erkannte ich, dass ich mit Mickey Mouse gar nicht so falsch gelegen hatte – Joe hat ein spitzes, kleines Mausgesicht, mit spitzen, kleinen Mäusezähnen. Das einzig Große an ihm sind seine Ohren. Die für ihre imposante Erscheinung erstaunlich wenig draufhaben.

»Hallo Wälli!«, rief er und streckte checkermäßig seinen Daumen hoch.

»Äh, Ali!« Ich erwiderte die Daumenhochgeste.

»Nein, ich bin Joe!« Noch mal der Daumen, dazu checkermäßiges Schnalzen mit der Zunge. »Bis später, Wälli!«

Tante Ida war währenddessen schon weitermarschiert. Als ich sie einholte, fragte ich: »Kann es sein, dass er schlecht hört?«

»Oh, wenn du ihn von links ansprichst, versteht er dich sehr gut. Zwischen Dezember und April, wenn Disneytown geschlossen ist, arbeitet er als Roadie. Und zieht sich jedes Konzert rein. Am liebsten gleich neben den Boxen. So, Ali.« Tante Ida zeigte an einem Typen in Donald-Duck-Kostüm vorbei und erklärte: »Dort drüben hinter dieser Achterbahn befindet sich unsere Wurfbude, aber die sehen wir uns später an. Erst geht's zum Autoskooter. Er ist zu eitel für ein Hörgerät.«

Es dauerte einen Moment, bis ich kapierte, dass sie wieder von Joe redete. »Im Ernst? Er hat keins, obwohl er damit besser hören könnte?«

»Männer.« Tante Ida zuckte fröhlich mit den Schultern.

Da unterschied sie sich jetzt doch total von Mama. Die muss jeden zu seinem Glück zwingen. Unter ihre Fittiche genommen, hätte Joe jetzt schon das schönste und tollste Hörgerät auf dem Markt.

»Haben deine Mitarbeiter eigentlich alle einen festen Arbeitsplatz? Ist Joe zum Beispiel immer bei der Achterbahn oder wechseln wir uns ab? Wie wird das ablaufen?«, fragte ich.

»Joe arbeitet fest bei der Achterbahn. Durch seine eingeschränkte Hörfähigkeit kann ich ihn nicht überall einsetzen. Der Rest wechselt sich ab.« Tante Ida seufzte. »Aber selbst mit dir sind wir zu wenig. Meistens habe ich wechselnde Ferienjobber. Aber ständig neue Leute einzuweisen, nimmt sehr viel Zeit in Anspruch. Oh, dort drüben ist das Horseland, das sehen wir uns dann auch noch an.«

Ich räusperte mich. »Hmm ja, was ich wegen diesem Horseland fragen wollte ... gibt es dort echte Pferde?«

Tante Ida schüttelte vehement den Kopf.

Gott sei Dank!, dachte ich.

»Ponys und Pferde sind nicht dasselbe.«

»Oh. Aber es sind echte Ponys?«

»Nein.«

Gott sei Dank!, dachte ich wieder.

»Keine Ponys, sondern *ein* Pony. Schwarzer Peter.«

Ich holte tief Luft. »Okay, aber der ist ein echtes Pony.«

»Nein.«

Misstrauisch sah ich sie an. Noch einmal fiel ich nicht darauf rein.

»Nicht *er,* sondern *sie.* Warum sie Schwarzer Peter heißt, erzähl ich dir später. Erst mal erzählst *du* mir, warum du so eine große Angst vor Ponys und Pferden hast.«

Mann, Mama wieder! Überfürsorglich bis zum Gehtnichtmehr. Muss mich ständig überall lächerlich machen, schoss es mir durch den Kopf.

»Das hat *sie* dir verraten, stimmt's?«

»Wer? Deine Mutter? Wie kommst du auf die Idee? Du hast nicht zufällig schon den Führerschein, oder? Ach nein, du bist zu jung. Aber wir werden schon jemanden finden, der dich hin- und herchauffiert, du wirst hier sicher nicht so viel Zeit verbringen wollen wie ich. Geöffnet haben wir von zehn bis 19 Uhr. Du hast eine Stunde Mittagspause. Ich muss immer länger bleiben, um noch alles dichtzumachen. Falls dich keiner heimbringen kann, musst du dann halt auf mich warten.« Sie schmunzelte. »Nö, nö, das hast du selbst mir verraten.«

»Was?« Verraten? Mir schwirrte der Kopf.

Ohne auf mich einzugehen, ging ihr Vortrag weiter: »Die Tage, an denen du freihast, besprechen wir noch. Ach, schau mal, wen wir hier haben. Rigo! Solltest du nicht bei Schwarzer Peter sein und Kinder im Kreis herumführen?«

Ein wahnsinnig geschleckter Typ, so um die 25 (tatsächlich ist er 23, erzählte Tante Ida mir später), drehte sich zu uns um. »Louis springt kurz für mich ein. Kleine Pinkelpause. Und beim Pony ist sowieso nichts los.« Er musterte mich lüstern, woraufhin ich mich super unwohl fühlte.

Ida seufzte. »Da hast du leider recht. Beim Pony ist eigentlich nie großartig was los. Die Kids fahren alle lieber mit der Märchenbahn oder mit den Entchen am Duck-Teich. Trotzdem weißt du genau, dass ich diejenige bin, die euch für Pinkelpausen ablöst, Rigo. Zumindest möchte ich darüber informiert werden, wenn ihr kurz weg seid. Wozu zahl ich eigentlich eure Handyverträge, wenn ihr die Dinger dann nicht für solche Sachen nutzt?«

Er schob seine dicke Unterlippe zu einem Schmollmund vor. »Ich wollte nur rücksichtsvoll sein. Ich wusste doch, dass du mit deiner Nichte beschäftigt sein wirst.«

Noch ein abschätziger Blick in meine Richtung. »Wie heißt das gute Kind denn?«

»Das gute Kind heißt Ali«, spuckte ich beinahe zwischen zusammengebissenen Zähnen hervor. Dieser Typ war mir sofort unsympathisch.

Tante Ida kann scheinbar Gedanken lesen. Mehr zu ihm als zu mir sagte sie: »Ärgere dich nicht über ihn. Er glaubt, er ist nur ein halber Mann, wenn er eine Sekunde mal nicht ätzen kann, nicht wahr, mein Süßer?« Sie tätschelte ihm die Wange. Dreimal hintereinander, wobei das letzte Tätscheln fast schon einer kleinen Ohrfeige gleichkam.

Geschah ihm recht.

»Autschi.« Er rieb sich die Wange und sah Ida um Verzeihung bittend an. Dann ließ er seinen Blick kurz an mir runter- und wieder hochwandern.

Bäh. Endlich ein Typ, der mich etwas eingehender musterte, und dann war es ausgerechnet der! Mittlerweile weiß ich allerdings, dass er auf alles steht, was nicht bei drei auf den Bäumen ist.

Tante Idas Handy meldete sich mit Katy Perrys Stimme, die »Roar« sang. »Führ Ali doch bitte zum Autoskooter«, wies sie Rigo den Schrecklichen an, drehte uns dann den Rücken zu und kicherte eine Sekunde später in ihr Handy.

Hat hier eigentlich irgendwer noch alle Tassen im Schrank?, fragte ich mich.

Erst Joe, der schwerhörige Roadie, dann dieser widerliche Schleimer, Mister Oberschlecki, der meiner Tante hörig zu sein scheint und nur blöde Sprüche reißt. Und jetzt auch noch meine Großtante, die abgesehen vom Outfit als toughe Chefin auftritt und dann in ihr Handy kichert, als wäre sie ein Backfisch.

Widerwillig folgte ich Mister Widerling zum Autoskooter. Ich schwitzte in der Jeans und überall roch es nach Langos und Currywurst und Zuckerwatte. Nicht, dass ich den Geruch nicht mag, eher das Gegenteil. Aber genau das wird auch mein Problem hier sein. Gurken-Tomaten-Salat von meiner Mutter werde ich hier nicht zu essen bekommen.

Als ich Rigos Schleimspur folgte, fiel mir der Spruch ein, dass jede Medaille zwei Seiten hat – eine gute und eine schlechte. Der Duft von fettigem köstlichem Essen gepaart mit dem ganzen Lärm und den irren Höllenfahrten um mich herum weckten jedoch in mir den Verdacht, dass mein Sommerjob vor allem jede Menge Nachteile haben könnte.

Erstens würde ich doppelt so dick heimkehren und zweitens würde mir jeden Abend nicht nur wegen des vielen Essens schlecht sein, sondern auch, weil ich einer Achterbahnfahrt nicht mal von unten zugucken kann, ohne mich fast zu übergeben.

Das sind Dinge, die ich wohl verdrängt hatte, als ich

mich so riesig auf Disneytown gefreut hatte. Ich hatte mehr an Disneyprinzessinnen in Lebensgröße, bunte Luftballons und Zuckerwatte gedacht. Und natürlich vor allem daran, von zu Hause (und der größten Blamage der Welt) wegzukommen.

Aber ich bin eigentlich überhaupt nicht gemacht für Geschwindigkeit und Geschaukel. Ich kann ja nicht mal stinknormalen Autoskooter fahren, ohne dass mir dabei schlecht wird!

Letzten Sommer mit meinem kleinen Cousin Julian im Entchen-Fun-Park in der Märchenbahn hab ich auch gekotzt wie aus Eimern (eigentlich auch in Eimer).

Ans Autofahren hab ich mich im Laufe meiner 16 Jahre ja gewöhnt, aber auch nur, wenn ich vorne sitze, durch die Windschutzscheibe starre und pro Stunde zwei Packungen Gesundheitskaugummi aus der Apotheke fresse. Aber dieses Rumgeschaukel in der Bahn hätte ich auch mit einer Monatsration Gesundheitskaugummis nicht durchgestanden.

Vor lauter Freude hat Klein-Julian mich auch noch die ganze Zeit in den Bauch geboxt und immer »dada« gejauchzt und mit seinen kleinen, dicken Fingern in alle Richtungen gezeigt, sodass ich gar nicht hinterhergekommen bin mit nach links und rechts schauen.

Dort Herr Igel und Herr Hase, da Dornröschen an der Spindel. Da musste ich auch gleich noch an Blut denken und da war der Damm dann sowieso endgültig gebrochen – im wahrsten Sinne des Wortes.

Zum Glück waren wir aber gerade zwischen den sieben Bergen verschwunden, wo ich unbeobachtet zweien der sieben Zwerge im Vorbeifahren in ihre Töpfe voller Edelsteine kotzen konnte.

Jedenfalls habe ich mich auf dem Weg zum Autoskooter dann doch mal gefragt, was eigentlich ausgerechnet *ich* in einem Vergnügungspark mache. Aber da ist mir dann auch relativ schnell wieder eingefallen, dass mein Leben seit Freitag vorbei ist und ich gar keine andere Wahl hatte, als von zu Hause zu flüchten.

Als wir endlich den Autoskooter erreichten, konnte ich immerhin zwei Erfolge vorweisen: Mir war bisher weder übel, noch hatte ich mir einen Crêpe oder ein Eis gekauft. (Später am Abend erlitt ich dann doch noch eine kleine Niederlage, bin aber heilfroh, dass die aus einem Rieseneisbecher mit Karamellsoße und Schokosplittern bestand und nicht aus dem Befüllen einer Kotztüte.)

Aaahh! Tante Ida ruft mich. Schon kurz vor acht? Was? Hab ich jetzt so lang geschrieben? Aber warum ruft sie mich so früh? Disneytown öffnet doch erst um zehn.

Sie ruft schon wieder ...

8:10 Uhr. Na, das kann ja was werden. Tante Ida hat mich nur deswegen viermal innerhalb einer halben Minute gerufen, weil sie wissen wollte, ob sie für morgen fürs Frühstück Eier besorgen soll.

Sie hat schon einen Knall, echt. Als ich total panisch runter ins Wohnzimmer gerannt bin, weil ich dachte, es ist was Ultrawichtiges, hat sie mich ermahnt, dass ich nicht so schnell die Treppen runterlaufen soll, weil ich mir das Genick brechen könnte. Ich habe langsam das Gefühl, sie treibt ihre Spielchen mit mir ... Genau wie Rigo der Schreckliche und alle anderen hier auch.

Der Grund, warum es gestern noch zum Kauf (und Verzehr) des Rieseneisbechers kam, war übrigens folgender: Louis – und seine schreckliche Maske.

Er gehört ebenfalls zu Tante Idas Angestellten und arbeitet den Sommer über bei ihr. Er ist 17 und will, sobald er das Abi hinter sich hat, Pilot werden.

Finde ich ja recht interessant, denn ich kenne sonst keine Piloten (gut, er ist ja auch noch keiner), aber ich werde überhaupt nicht schlau aus dem Kerl.

Habe gerade bemerkt, dass sein Name ein schönes Schriftbild hat.

Louis
L O U I S
B E N
B E N + A L I
N O N N E
B L Ö D S I N N

Die Hoffnung, dass ich hier in Disneytown einen Typen kennenlerne, der mich von Ben heilt, war im

Nachhinein betrachtet total lächerlich. Hier gibt's nur den schwerhörigen Joe, Schleimer Rigo und Louis.

Ich will auch eigentlich gar nicht glauben, dass Frauen unbedingt einen Mann brauchen, um glücklich zu sein. Wobei ich mich schon frage, warum zum Beispiel Marie immer viel glücklicher wirkt als ich. Und es ist nun mal so, dass sie einen Haufen Typen hat, die hinter ihr herrennen.

Ich komme also zu folgendem Schluss: Nein, eine Frau braucht keinen Mann, um glücklich zu sein, aber eine Frau braucht verdammt noch mal einen Mann, der hinter ihr her ist, weil sie sich dadurch nämlich gleich ein bisschen hübscher fühlt.

Und ja, auch ich brauche mal einen Typ, der mich mag und mich attraktiv findet, auch wenn ich zwei Kleidergrößen (oder so ungefähr) über denen meiner Freundinnen liege.

Okay, zurück zu gestern. Das Ganze war ... na ja, einfach Ali ...

Nachdem Rigo mir beim Autoskooter eine kleine Einführung gegeben hatte, führte er mich zur Geisterbahn, worüber ich ungemein erleichtert war. Während seines Vortrags war ich nämlich die ganze Zeit damit beschäftigt gewesen, den Spucketropfen auszuweichen, die Rigo immer dann ausgestoßen hat, wenn er mir etwas besonders Wichtiges bezüglich der Handhabung der kleinen Autos erklärt hat.

Dementsprechend konnte ich vielleicht nicht alles von dem aufnehmen, was er gesagt hat, aber trotzdem habe ich Tante Ida später erklärt, dass ich das Wichtigste verstanden habe. Ich meine, so schwer kann das doch nicht sein.

Vor der Fluch-der-Karibik-Geisterbahn fragte ich ihn dann (etwas widerwillig): »Okay und was, ähm, ist hier eure, also unsere Aufgabe?«

»Das, hehe, werde ich dir gleich zeigen.«

Dieses »Hehe«! Ich kann es jetzt schon nicht mehr hören. Es klingt total abgehackt, eigentlich mehr wie »e-e« und so, als hätte er ein lebendiges Huhn verschluckt, das jetzt in seinem Bauch hockt und sich gackernd über Rigos Innenleben lustig macht. »E-e e-e«, »gack-gack gack-gack.«

Rigo stellte sich hinter eine Reihe von Grundschülern und packte plötzlich meine Hand. »Wir fahren jetzt eine Runde damit, dann kennst du dich sofort aus.«

»Was? Nein!« Ich versuchte, meine Hand zu befreien. »Ich fahr nicht mit dem Ding. Das hab ich Ida gleich gesagt. Ich fahre mit gar nichts!«

Eigentlich hatte ich vergessen, Ida genau das zu sagen, aber ich wollte um nichts in der Welt in so einen Wagen steigen und gemeinsam mit Rigo hinter dieser gruseligen Klapptür in der Finsternis verschwinden. Da hätte ich lieber die drei Stunden Autofahrt zurück nach Hause zu Fuß zurückgelegt und freiwillig bei Ben geklingelt, um mich bei ihm zu entschuldigen.

»Du hast doch nicht etwa Angst?«, fragte Rigo und schob sich eine blonde, mit Haargel verklebte Strähne hinter die Ohren.

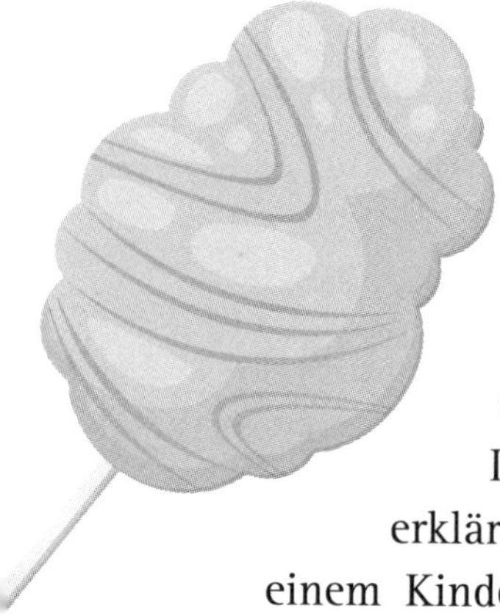

Darf nicht vergessen, Tante Ida nachher zu fragen, warum sie diesen Kerl eingestellt hat. Es muss einen Grund dafür geben, der sicher nichts mit Rigos Qualifikationen zu tun hat. Vielleicht wird sie von ihm erpresst oder so was ... ich muss das rauskriegen.

Ich war so beschäftigt damit, ihm zu erklären, dass ich *sicher nicht* Angst vor so einem Kinderspuk habe, dass ich dabei gar nicht mitbekam, wie wir uns mit der Menschenschlange vorwärtsbewegten und ich plötzlich mit Rigo dem Schrecklichen in einem Waggon der Geisterbahn landete.

Das darauffolgende Erlebnis gehört zu den schlimmsten meines Lebens. Es war so furchtbar, dass es sich schon fast mit jenem verfluchten Freitagabend und der größten Blamage meines Lebens messen kann.

Uff, also ... mehrere Minuten lang kauerte ich mit dem Gesicht in Rigos Halsgrube, während er in einem fort seine dämliche Lache ausstieß. Das Huhn in seinem Bauch schien sehr gut drauf zu sein.

In dem Moment, in dem ich beschloss, den Rest dieser Höllenfahrt lieber ungeschützt durchzustehen, als noch eine Sekunde länger an Rigos nach Haargel miefendem, vor lauter Lachen vibrierendem Hals zu kleben, spürte ich einen Luftzug in meinem Gesicht. Automatisch riss ich die Augen auf, um nachzuschen, was mich da bedrohte – und erblickte das fürchterlichste Wesen, das existiert. Nämlich dieser Pirat aus *Fluch der Karibik*, DAVY JONES!

AAAHHHH!!!

Er ist Maries und Marie-Jolies Liebling in den Filmen und auch Caro versteht nicht, was ich gegen ihn hab. Dabei hab ich gar nichts gegen ihn, ich finde ihn nur so gruselig ... Ich mag aber auch keine Tintenfische, vielleicht liegt es daran ...

Auf jeden Fall kam jener Davy Jones in Lichtgeschwindigkeit auf mich zugeschossen und machte keine Anstalten anzuhalten. Ich bin ganz sicher, wäre ich nicht todesmutig aus dem Geisterbahnwaggon gesprungen, dann hätte er mich geküsst!

Na ja, was heißt »todesmutig aus dem Waggon gesprungen«? Ich habe so laut gekreischt, dass das Pärchen im Waggon hinter uns nach der Fahrt wegen schweren Schocks erstversorgt werden musste, weil beide dachten, ich wäre von Davy Jones richtig attackiert worden.

Außerdem sprang ich genau vor ihren Wagen. Das Nächste, was sie dachten, war also, dass der Wagen mich überrollen würde.

Hat er aber nicht, denn da war eben Louis – Louis mit Davy-Jones-Maske. Innerhalb einer Millisekunde hat er mich von den Schienen gerissen und mich ins Freie getragen. Vielleicht kommen die blauen Flecken an meinen Beinen aber auch daher, weil er mich doch eher schleifen musste ...

Jedenfalls hat er das alles so schnell gemacht, dass

niemandem etwas geschehen ist. (Das Pärchen ist mittlerweile wieder okay.)

Während der ganzen Rettungsaktion war ich bewusstlos, weil er noch immer die Piraten-Tintenfisch-Maske aufhatte. Ganz schön mies vom Schicksal, dass der Typ mit der Ekelmaske mich quasi vor sich selbst retten musste.

Aber dann hat er seine Maske abgenommen und darunter kamen dunkelblondes Haar und dunkelbraune Augen zum Vorschein – ganz ohne Tintenfischbart (was das Wichtigste für mich war).

»Hey du, alles klar bei dir?«, fragte er mich mit besorgtem Blick.

»Glasklar. Klar wie Kloßbrühe«, war der erste Blödsinn, der mir einfiel. »Und bei dir?«, schob ich dann hinterher. Keine Ahnung, warum, ich glaube, ich wollte einfach höflich sein.

Er lachte kurz auf. »Na ja, geht schon. Du hast mir einen ganz schönen Schrecken eingejagt. Dabei bin *ich* eigentlich für so was verantwortlich.« Er zwinkerte mir zu und richtete sich etwas auf. Da erst bemerkte ich, wie nahe er mir gewesen war. Und dass mein Kopf immer noch in seine Hände gebettet war.

Bevor mein plötzlich sehr schnell schlagendes Herz meinem Hirn mitteilen konnte, dass das eine super Gelegenheit für einen weiteren meiner peinlichen Auftritte war, kam Rigo angerannt. »Spinnst du?«, fragte er. Keine Ahnung, wen von uns beiden er damit meinte.

»Ruf einen Krankenwagen, komm schon, Rigo«, rief der dunkelblonde Davy Jones.

Rigo schien tatsächlich auf ihn gehört zu haben, denn wenig später kam der Notarzt und stellte fest, dass ich ihn gar nicht brauchte – das geschockte Pärchen aus dem Waggon hinter mir allerdings schon.

Mann, tat mir das leid. Als ich nach Sperrstunde in eine Decke gehüllt (trotz Julitemperaturen hatte ich plötzlich zu frösteln begonnen) zwischen Tante Ida, Davy Jones (also Louis), Joe und Rigo auf einer Bank neben der Wurfbude saß, sagte ich zu meiner Tante: »Du, ich würde diesem Paar, das ich so geschockt habe, gern Gratiskarten für einen weiteren Tag hier schenken. Falls sie noch bleiben wollen. Ich zahl die natürlich auch. Hast du vielleicht eine Nummer von denen?«

»Mach dir mal keine Sorgen, Ali. Die sind für heute wieder in ihrem Hotel und bekommen natürlich Gratiseintrittskarten. Aber die musst du sicher nicht zahlen.«

»Will ich aber.« Ich kann sehr stur sein. Ganz wie meine Mutter. Komisch, war mir bisher gar nicht bewusst gewesen.

»Blödsinn.« Tante Ida ist natürlich auch sehr stur. Muss in der Familie liegen.

»Es tut mir echt leid«, sagte ich dann an Louis gewandt. Es war die erste Möglichkeit für mich, richtig mit ihm zu sprechen. Nach dem Zwischenfall hatte die Arbeit natürlich erst einmal weitergehen müssen.

»Mir tut's leid. Ich ... das wollte ich nicht.«

Ich grinste schief. »Du hast doch nur deinen Job gemacht.«

Er hob kurz die Augenbrauen, sah dann zu Boden.

Tante Ida sah ihn aus zusammengekniffenen Augen an. »Ich hab dir gesagt, treib es nicht zu wild.«

Er nickte, den Kopf immer noch gesenkt.

»Was war denn jetzt überhaupt los mit dir, Wälli?«, erkundigte sich Joe.

Ich verzog das Gesicht. »Na ja ... Es gibt eigentlich nichts auf der Welt, vor dem ich Angst habe, wirklich *gar nichts* ...« Ich lachte gekünstelt. »Außer vor diesen scheiß Tintenfischen. Und ich verstehe überhaupt nicht, dass ich wirklich die Erste war, die wegen dieser Tintenfischmaske aus der Geisterbahn gesprungen ist. Sicher machen sich die anderen Leute genauso vor Angst in die Hose und sind nur zu feige zum Springen!«

Während alle anderen wohlwollend über meinen Scherzversuch lächelten, ließ Rigo wieder seine Henne sprechen: »E-e e-e e-e.«

»Rigo, deine Lache ... echt.« Louis verdrehte die Augen. Plötzlich begegneten sich unsere Blicke und meine Lippen wurden ganz trocken. Louis schaute nicht weg, er sah mich weiter an. Er sah *mich.*

Meine Euphorie verpuffte, als ich merkte, dass ich gleich würde schlucken müssen. So ausgetrocknet, wie ich mich auf einmal fühlte, wusste ich, es würde ein Schlucken sein, das man quer durch Disneytown hören würde.

Louis' Mund verzog sich zu einem kaum wahrnehmbaren Lächeln.

Ich kam in richtige Bedrängnis. Ich musste endlich wegsehen, hatte aber keine Ahnung, wie ich dieses Wegsehen möglichst lässig gestalten konnte. Vielleicht mit einem Blinzeln, als hätte ich etwas im Auge? Oder sollte ich im Moment des Wegsehens etwas sagen, zum Beispiel zu Tante Ida?

Verdammt, ich verstand gar nicht, warum er mich noch immer anschaute. Das waren sicher schon vier Sekunden gewesen! In dem Moment, in dem ich dann tatsächlich schlucken musste, klingelte zum Glück sein Handy.

Gott sei Dank, dachte ich.

Kurze Zeit später war ich jedoch etwas angepisst. Er hörte nämlich gar nicht mehr auf zu telefonieren. Und als ich mich von ihm verabschiedete, nickte er mir nur kurz zu, das Handy nach wie vor ans Ohr gepresst, seine Stimme zu einem Flüstern gesenkt.

Na, scheiß drauf. Das Kribbeln in meinem Bauch kam sicher nur von dem verlockenden Duft nach Zuckerwatte, der einem in Disneytown überallhin folgt. Außerdem habe ich ja Ben.

Ach nein, habe ich nicht.

Ach Mist!

Na ja, alles in allem – bis auf die peinliche Nummer von mir (für die ich auch dringend den Eisbecher brauchte) – war es dann doch noch ein netter Abend. Zumindest bis zu dem Anruf ...

23:20 Uhr. Weiß jetzt, mit wem Louis gestern Abend telefoniert beziehungsweise herumgesäuselt hat. Mit seiner Freundin. Natürlich.

Nicht, dass er mich wirklich interessiert hätte oder so, ich war nur einfach ein wenig über diesen intensiven Blick überrascht, den wir getauscht haben – bis dann eben sein Handy geklingelt hat.

Die Freundin, Katya, sieht natürlich Bombe aus und ihrem Vater gehört der ganze Laden hier quasi. Er ist der Geschäftsführer von Disneytown.

Ganz verstehe ich ja nicht, was sie von Louis will, denn ich finde, sie spielt in einer anderen Liga als er. So, wie die aussieht, könnte sie bestimmt sogar Ben haben (auch wenn ich das nie zulassen würde).

Also wenn man aussehen muss wie Miss World persönlich und einen Vater braucht, der so reich ist wie Bill Gates, um einen halbwegs netten Jungen als Freund zu bekommen, dann war's das wohl für mich in diesem Leben.

Dann werde ich entweder allein, im Kloster oder mit Rigobert Duck enden.

Hoffe, ich träume heute Nacht vom Kloster.

Oder von Ben ...

Oh, Ben, ich vermisse dich so.

Ben, Ben, B – E – N ... Es gibt keinen schöneren Namen auf der ganzen Welt. Und er heißt ja auch wirklich Ben. Nicht Benjamin oder Benedict oder Ben Hur ...

Mann, war das ein langer Schinken, den ich unbedingt mit meiner Mutter anschauen musste. Wenn es wenigstens die Neuverfilmung gewesen wäre ... aber nein, es musste natürlich der Schmachtfetzen aus dem vorigen Jahrtausend sein. 1959!

Falls jemals jemand mein Tagebuch lesen sollte, dem rate ich, sich nicht darauf einzulassen, wenn Mütter mit einem Filme gucken wollen, die sie selbst in ihrer Jugend gesehen haben. *Tut das nicht.* Nicht nur, dass es Zeitverschwendung ist, sondern ihr könnt euch sicher sein, dass eure Mutter diesen stinklangweiligen Film nur deswegen sehen will, weil sie seit 30 Jahren auf den Hauptdarsteller steht.

Und es ist so entwürdigend, eurer eigenen Mutter dabei zuzusehen, wie sie mit glänzenden Augen am nackten Oberkörper dieses Typen hängt und dabei haucht: »Nicht, dass ich den Hauptdarsteller als Mensch sympathisch finde – er ist Teil der amerikanischen Waffenlobby, wirklich schrecklich, aber, na ja, er ist trotz alledem ein wundervoller Schauspieler. Dieser Körpereinsatz, diese schreckliche rohe Gewalt und trotzdem diese *Sensibilität* ...«

Jaha, danke, Mama. Genug Albtraumstoff für den Rest meines Lebens.

Seitdem kann ich es mir nie verkneifen, ein paar Kommentare zu schieben, wenn meine Mutter vor ihren Freundinnen mal wieder damit protzt, ihre Tochter – also mich – ganz bewusst zu einer Feministin zu erziehen.

Meistens sage ich dann Sachen wie: »Ich bin sicher,

Ben Hur freut sich besonders darüber, wenn Feministinnen auf seinen nackten Oberkörper starren.« Meine Mutter verzieht dann jedes Mal das Gesicht. Bis auf das eine Mal, wo nämlich eine ihrer Freundinnen geantwortet hat, und zwar inbrünstig: »Ben Hur ... also wie Charlton Heston den gespielt hat ... also ganz ehrlich, Mädels, da vergess ich doch schnell mal meine Regel, dass Machos nichts wert sind ... diese Muskeln ...«

Mama starrte sie daraufhin fasziniert an und machte eine Geh-doch-was-spielen-Handbewegung in meine Richtung. Ich war zu dem Zeitpunkt *15!* Jahre alt. Trotzdem konnte ich es nicht erwarten, mich zu vertschüssen, hörte im Hinausgehen aber leider trotzdem noch, wie meine Mutter schmachtend erwiderte: »Nicht wahr? Ich meine, nicht dass ich Charlton Heston als Mensch mag, ihr wisst ja, seine Einstellung zu Waffen ... aber diese Muskeln, diese Körperbeherrschung, er ist einfach ein grandioser *Schauspieler* und das muss man doch anerkennen, ganz unabhängig von der politischen Einstellung.«

Igitt. Sabbernde Mütter braucht die Welt echt gar nicht, finde ich.

Na egal. Zurück zu meinem Horrortrip in Disneytown, der heute noch mal riesige Ausmaße angenommen hat – und dabei habe ich noch knapp vier Wochen vor mir.

Was für ein Tag. Manchmal frag ich mich echt, was für Kräfte auf dieser Welt unterwegs sind, die einen harmlosen kleinen Menschen wie mich dazu bringen, sich aufzuführen wie eine Irre.

Das Ganze ging schon beim Frühstück los, als Tante Ida tatsächlich fragte, ob ich mir mit ihr »eine Kippe teilen« möchte – oder ob ich lieber »eine eigene« hätte.

Für einen kurzen Moment bin ich mir fast wie meine Mutter vorgekommen, als ich richtig schockiert »Nein, natürlich nicht!« ausgerufen habe. »Also, beides nicht. Ich rauche doch gar nicht.«

Sie war zwar nicht die erste Person, die mir eine Zigarette angeboten hat, aber sie war definitiv die älteste!

Ich meine, hallo?! Die Schwester meiner Großmutter? Meine Großtante? Hallo?!

»Gut, meine Süße«, hat sie daraufhin gemeint. »Dann kann dein Muttertier sich ja beruhigen.«

»Was? War das ein Test?«

»Yep«, hat sie lediglich geantwortet und beim Hinausgehen über die Schulter zurückgerufen: »Vergiss nicht deinen Hausschlüssel! Und wisch dir den entsetzten Gesichtsausdruck weg, bevor du die Leute in die Autoskooter setzt!«

Ich habe daraufhin in den Spiegel – in so einen schrecklichen pinkfarbenen Kitsch-Muschel-Spiegel, den sie in der Küche hängen hat – geguckt und festgestellt, dass ich wirklich entsetzt aussah.

Wie kann es eigentlich sein, dass *ich* diejenige bin, die lauter Falten im Gesicht hat anstatt dieser alten

Schachtel? Ganz egal, ob sie Miniröcke trägt und tolle Beine hat, sie ist trotzdem meine Großtante!

Draußen wurde ein Motor gestartet. Wollte sie etwa ohne mich los? Traute ich ihr durchaus zu. Ich traute dieser Frau *alles* zu.

Ich schnappte mir meine Tasche und meine Turnschuhe und raste barfuß aus dem Haus, riss die Tür von Tante Idas altem grauem Chevrolet auf und ließ mich schnaufend auf den Beifahrersitz plumpsen.

»Na, Schätzchen? Bisschen Kondition antrainieren, würde ich sagen. Hmm, sag mal, wie hast du es denn geschafft, so schnell die Haustür abzuschließen?«

Ich stöhnte. »Ach ...« Dann sah ich sie an, ziemlich ängstlich, leider. »Ich hab den Schlüssel ...«, begann ich langsam.

»... im Haus vergessen, ich weiß.« Sie hielt mir ihren Schlüsselbund unter die Nase. »Na, komm schon, husch, husch, wir haben nicht den ganzen Tag Zeit.«

Ich sollte vielleicht wirklich mal etwas Sport treiben. Nach fünf Minuten japste ich peinlicherweise immer noch ein wenig nach Luft. Als ich meiner Atmung wieder trauen konnte, fragte ich Tante Ida das, was mich schon seit gestern beschäftigte. »Tante Ida, seit wann arbeitet Rigo eigentlich bei dir?

»Schon lange, Schätzchen, so um die acht Jahre. Damals war er ungefähr in deinem Alter.«

»Und wie ... Also, magst du ihn?«

Sie warf mir einen überraschten Blick zu. »Magst du ihn etwa, Süße?«

Ich wusste nicht, was ich darauf antworten sollte, denn falls er aus irgendeinem Grund wirklich ihr Liebling ist (huch, vielleicht ist er ja sogar ihr geheimer Sohn!), wollte ich lieber nichts Schlechtes über ihn sagen. Ich nickte also nur und wartete ab, was sie sagen würde.

Erst mal kam gar nichts. Na klar, wäre ja auch nicht Tante Ida, wenn sie nicht ständig reden würde – nur dann nicht, wenn man mal wirklich etwas wissen will. So gut kannte ich sie mittlerweile immerhin schon.

»Magst *du* ihn denn?«, wiederholte ich schließlich meine Frage.

Beim Klang meiner Stimme sah Tante Ida mich blinzelnd an, als wäre sie überrascht, mich neben sich sitzen zu sehen.

»Oh! Tut mir leid, Kindchen, ich war in Gedanken gerade völlig woanders. Was hast du gesagt?«

Katy Perry unterbrach meinen Versuch, weiter nachzuhaken.

Tante Ida nahm die Hand vom Schaltknüppel, angelte sich lässig ihre Handtasche vom Rücksitz und warf sie mir auf den Schoß. »Kramst du da mal bitte mein Handy raus, nimmst ab und hältst es mir ans Ohr?«

Hektisch begann ich, in ihrer Tasche zu wühlen und suchte zwischen unzähligen Lippenstiften, Wimperntuschen, einem Deo, einem Notizbuch, das ein Bild von Che Guevara vorne draufhatte, und wahrscheinlich tausend Zetteln, die mir sehr nach Rechnungen aussahen, nach ihrem Handy, bevor mir kotzübel wurde. Ich musste beim Autofahren doch immer starr durch die Windschutzscheibe schauen.

Als ich ihr Handy endlich zwischen all dem Zeug herausfischte, hörte es auf zu klingeln. »Sorry, Tante Ida.«

»Wer war es denn?«

Ich warf einen Blick aufs Display. »Heini«, las ich vor.

»Oh!«, machte Ida. Es war ein ganz leiser Laut, fast nur ein Hauchen.

»Sollen wir zurückrufen?«

Sie nahm den Blick von der Fahrbahn, um mich anzusehen, als wäre ich vollkommen durchgedreht. »Auf gar keinen Fall.«

Oookay …

Da ich das Gefühl hatte, dass Tante Ida nicht mit Infos über Rigo rausrücken wollte, suchte ich nach einem anderen Gesprächsthema – obwohl mich der Grund dafür brennend interessiert hätte. Aber meine vier Wochen hatten ja gerade erst angefangen. Ich hatte also genug Zeit, um noch so einiges rauszubekommen.

»Seit wann arbeitet Louis denn bei dir?«, fragte ich stattdessen und hätte mich gleich in den Hintern beißen können, weil meine Stimme plötzlich so einen komischen Klang hatte. Aber nur weil ich gerade an den Blick gedacht hatte, den er mir gestern Abend zugeworfen hatte. Und weil seine Rettungsaktion zu den romantischsten Einlagen gehörte, die ich je erlebt hatte. Was wirklich erbärmlich war, wenn man bedachte, dass er währenddessen wie der eklige Tintenfischpirat ausgesehen hatte.

»Er ist jetzt den zweiten Sommer bei mir. Gefällt er dir?«

»Willst du mich unbedingt verkuppeln?«, rutschte es mir raus. Erst fragte sie mich, ob ich Rigo mag, dann ob mir Louis gefällt. Oh, diese Tante Ida!

Sie lachte schallend. Und fügte dann sehr kryptisch hinzu: »Ach Ali ... ach Ali ...«

Wahrscheinlich sah man mir mein Single-Dasein dermaßen an, dass sie mir wirklich zutraute, an einem Typen wie Rigo interessiert zu sein.

Doch darauf würde ich nichts geben. Ich würde diesen Sommer nichts anderes tun, als Kraft zu tanken, um hinterher als gestärkte Person in die Schule zurückkehren zu können und mit meiner neu erworbenen, unglaublich gefestigten, in sich ruhenden, um Fettnäpfchen weite Bögen machenden Persönlichkeit alle zu beeindrucken.

Und danach würde ich vielleicht ins Kloster gehen.

Amen.

Als wir in Disneytown ankamen, begleitete Tante Ida mich gleich zu meinem heutigen Arbeitsplatz, dem Lightning-McQueen-Autodrom.

Der Park öffnete erst in einer halben Stunde, dementsprechend standen die Autoskooter schön brav in Reih und Glied am Rande der Fahrbahn. Sahen eigentlich ganz harmlos und nett aus.

Tante Ida sperrte das kleine Häuschen auf, das zum Autodrom gehörte, und ich stellte mit Entsetzen fest, dass es so klein war, dass nicht mal ein Stuhl darin Platz hatte und ich somit wohl den ganzen Tag stehen musste.

Doch zu meiner Überraschung holte Tante Ida nur eine Bauchtasche aus dem Häuschen und schloss es dann wieder ab. Den Schlüssel verstaute sie in der Bauchtasche und reichte sie mir.

Zu meiner »großen Freude« mussten wir den Gurt verlängern, damit er für mich passte. Wenigstens verkniff sich Tante Ida einen fiesen Kommentar.

»Ähm ... und ich stell mich jetzt in das Kassenhäuschen?«, fragte ich ein wenig verwirrt, weil ich angenommen hatte, dass es im Kassenhäuschen – wie der Name schon sagt – eine Kasse gibt. Also eine, die man sich nicht um den Leib schnallen muss und deren pinkfarbenes Blümchenmuster sich nicht perfekt mit dem Rot meiner Bermudas biss.

»Ne, Schätzchen, was solltest du denn dadrin machen? Die Autoskooter kannst du von dadrin doch nicht lenken. Und die Karten haben die Leute ja schon am Eingang gekauft. In dem Häuschen ist nur der Universalschlüssel, mit dem fährst du am Ende jeder Runde die Autos in die Startreihe zurück. Alles ganz einfach, du musst nur ein bisschen lenken.«

Ich musste diese Dinger lenken?!

»Oh!« Ich tat so, als wäre ich sehr erfreut, schließlich wollte ich einen guten Eindruck machen.

Oh Gott, hoffentlich wird mir nicht wieder schlecht, dachte ich. Vielleicht hatte ich ja in meiner Hosentasche noch einen Kaugummi aus der Apotheke, der verhindern würde, dass ich mich alle fünf Minuten übergab, wenn ich den rasenden, kleinen Autos zusehen – und sie dann auch noch selbst fahren musste.

Lenken an sich konnte eigentlich nicht so schwer sein, redete ich mir ein. Wenn man nach rechts wollte, drehte man das Lenkrad nach rechts. Wenn man nach links wollte, dann ... ja, logisch. Also nichts dabei. Und ich würde einfach Kaugummi kauen und stur geradeaus schauen.

»Hier steckst du den Schlüssel rein«, erklärte Tante Ida weiter, während ich in Gedanken noch mit Lenkraddrehen beschäftigt war und überlegte, ob es ein Problem darstellen konnte, dass ich Rechts-links-Legasthenikerin war.

»Schlüssel. Reinstecken«, wiederholte ich und nahm den silbernen Schlüssel entgegen, den Tante Ida aus der Bauchtasche holte.

Sicherheitshalber sah ich sie dann doch noch einmal fragend an. Zum Glück. Sonst wäre alles noch viel schlimmer gekommen.

Wobei, so viel hat es dann auch nicht gebracht, dass sie mir erklärte, dass ich diesen Schlüssel immer in die Autoskooter stecken musste, sobald sie mitten auf der Fahrbahn stehen blieben, weil die Runde vorbei war.

»Aber das hat Rigo dir gestern schon alles erklärt, nicht wahr?«

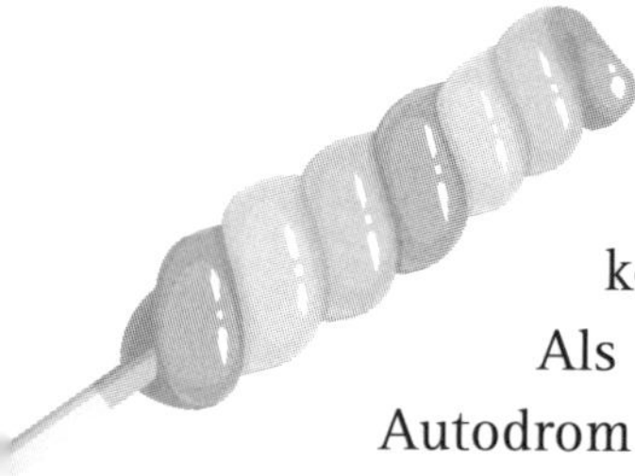

»Mhmm«, machte ich. »Alles vollkommen klar.«

Als Tante Ida mich schließlich allein beim Autodrom stehen ließ, den silbernen Schlüssel in der Hand, war ich ziemlich nervös.

Hoffentlich würde ich ihn nicht einsetzen müssen! Sicher waren die Gäste imstande, die kleinen Autos selbst in die Startgasse zurückzufahren, oder?

Obwohl ich noch nie mit so einem Ding gefahren bin, hatte ich natürlich schon Marie und den anderen dabei zugesehen – wobei mir auch dabei schon schwindelig geworden war.

Jedenfalls wusste ich, dass es da diese coolen Typen gab, die sich, nachdem eine Fahrt beendet war, auf die Autoskooter schwangen und die Dinger im Stehen zurück zu ihrem Ausgangsplatz fuhren. Meistens Kaugummi kauend.

Je länger ich darüber nachdachte, desto besser konnte ich mir vorstellen, wie ich so megalässig mit einem Bein auf dem Autoskooter stand und ihn ziemlich cool in Startposition zurückfuhr. Wichtig dabei: Kaugummi im Mund und immer geradeaus schauen. Stellte sich nur die Frage, wo ich einen Kaugummi herbekommen sollte – ich hatte nämlich keinen mehr. Und wo genau ich den Schlüssel reinstecken sollte.

Vorsichtig versuchte ich, in das vorderste kleine Auto zu steigen, setzte erst einen Fuß neben das Gaspedal und stellte den anderen möglichst lässig auf den Sitz. Schließlich wollte ich eine halbwegs gute

Figur bei der Aktion machen, auch wenn noch keine Zeugen anwesend waren. Ich spielte mit dem kleinen Schlüssel herum, während ich darüber nachdachte, wie ich wohl noch lässiger aussehen würde, da ...

»Hilfe! Hiiiiilfeeee!«

Shit. Warum nur hatte ich den Schlüssel in den kleinen Schlitz rechts vom Lenkrad gesteckt und ihn auch gleich noch rumgedreht? Das Letzte, was ich mit entsetzt aufgerissenen Augen mitbekam, war, dass ich – um trotz des plötzlichen Losdüsens dieser Monstermaschine das Gleichgewicht zu halten – wie ein hilfloser Babyelefant auf dem Hinterteil des Autoskooters galoppierte.

Verdammte Scheiße aber auch. Verflucht, tat das weh (es tut übrigens noch immer sehr, sehr weh). Es hatte mich direkt auf den Hintern gehauen, also eigentlich hatte ich mich direkt auf den Hintern fallen lassen, weil meine Beine irgendwann nicht mehr mitspielten. (Ein Gutes hatte das Ganze: Jedenfalls habe ich jetzt fest vor, an meiner Kondition zu arbeiten!)

Irgendwann und irgendwie landete ich dann auf dem Boden, und während sich eine Gruppe Kleinkinder ihre Windeln vollpisste vor lauter Schadenfreude, düste der störrische orangefarbene Autoskooter wie ein kläffender Hund im Kreis um mich herum.

Natürlich hatte mein Unglück mit dem Sturz aber nicht einfach ein gnädiges Ende haben können.

Stattdessen wurde es noch viel schlimmer.

Als nämlich besagte Gruppe von Kleinkindern zu den Autos stürmten, konnten sie nicht losfahren. Mittlerweile weiß ich, dass es einen riesigen gelben Knopf gibt, den ich in so einem Moment drücken muss, aber in dem Augenblick hatte ich keine Ahnung.

Ich wusste mir also nicht anders zu helfen, als den kleinen Schlüssel erneut in einen der Autoskooter zu schieben.

Im selben Moment düste ich auch schon los, mitsamt zwei kleinen Passagieren. Die kreischten vor Vergnügen, während ich erneut meinen Elefantengalopp auf dem Kofferraum hinlegte – diesmal noch erschwert dadurch, dass sich der fahrbare Untersatz nicht allein auf weiter Flur befand, sondern jede halbe Sekunde gegen ein anderes Auto knallte, in dem ein bis zwei kreischende Kindergartenzwerge saßen.

Ich kreischte auch – allerdings nicht vor Vergnügen. Aus dem Augenwinkel sah ich auf einmal ein bekanntes Gesicht vorbeisausen – beziehungsweise sauste *ich* an jenem bekannten Gesicht vorbei.

»Davy Joooones!«, quietschte ich, weil mir in dem Augenblick nicht mehr Louis' Name einfiel.

Obwohl es unglaublich demütigend war, war es auch irgendwie klasse, wie Davy Jones – also Louis – es geschafft hat, mich ganz lässig von dem durchgedrehten Teil zu heben, meinen Autoskooter wieder in Position zu bringen, sämtliche Mütter und deren Nachwuchs zu beruhigen und mir dann auch noch eine Einschulung in Sachen Autoskooter zu geben.

In dem Moment fand ich ihn schon irgendwie toll. Aber wirklich nur ganz kurz. Denn dann erschien plötzlich Katya auf der Bildfläche.

Ich drehte mich um, weil ich Rigos Gackern hinter mir hörte. Da stand er, guckte mich saublöd an und freute sich wahrscheinlich diebisch, dass er so spät aufgetaucht war, dass er getrost Louis die ganze Arbeit hatte überlassen können. Und neben ihm stand das wohl liebreizendste weibliche Geschöpf auf dieser Erde.

Grrrrrrr.

Im ersten Moment dachte ich, ich hätte es mit einer Disneyprinzessin zu tun – in ihrer hellblauen Caprihose und mit den langen schwarzen Haaren sah sie aus wie Jasmin.

Noch mal grrrrr.

Louis ging gleich auf sie zu, als er sie sah, und stellte sich so dicht neben sie, dass sofort alles klar war.

Alle haben einen Freund. Nur ich nicht.

Versuche jetzt, vom Kloster zu träumen. Irgendwie beruhigend, die Vorstellung von mir an einem Ort, wo kein männliches Wesen weit und breit ist. Außer vielleicht ein Mönch.

Aber der sieht sicher nicht so gut aus wie ~~Louis~~ BLÖDSINN!

Wie Ben, meine ich natürlich!

Grrrrrrrr.

Ärgere mich gerade sehr über mich selbst.

Da geh ich wohin, um einen Typen zu vergessen,

und was passiert? Ich vergesse den Typen nicht (wie könnte ich *Ben* auch je vergessen?!) und dann denke ich auch noch dauernd an einen anderen.

Mist!

Samstag, 5. August

Status: Eiskugelrund und immer runder werdend.

8:00 Uhr. Jetzt bin ich schon den fünften Tag bei Tante Ida und ich muss sagen, es geht mir gut.

Joe hatte am Donnerstag eine Ohrenuntersuchung in Freiburg, also habe ich seine Aufgabe am Eingang der Indiana-Jones-Achterbahn übernommen. Das war zwar etwas langweiliger als beim Autoskooter, dafür aber auch entspannender und fettnäpfchenfrei.

Witzig war es dagegen mit Louis, mit dem ich einen Teil meiner Mittagspause verbracht habe.

Ich glaube, ich weiß jetzt, warum er gerne den Piraten mimt. Er ist ein begnadeter Schauspieler. Hat Rigo so geil nachgeäfft, dass mir beim Lachen die Limo aus der Nase geschossen ist. Was er zum Glück nicht abstoßend fand.

Den Rest des Tages habe ich allerdings ohne ihn in der brütenden Sonne verbracht. Tante Ida macht sich große Vorwürfe (und hat, glaube ich, etwas Schiss vor Mama), weil ich mir einen Mördersonnenbrand dabei zugezogen habe. So viel also zur Sonnenbräune diesen Sommer ... Egal. Sie hat mir am Abend Quark aufs Gesicht und die Arme geschmiert (da hat sie mich wieder mal an meine Mutter erinnert) und ich hab ihr versprochen, dass ich keine Selfies nach Hause schicke, bis ich wieder halbwegs aussehe wie ein Mensch und nicht wie eine Tomate.

Gestern hatte ich dann meinen ersten freien Tag. Hab ich genutzt, um erst mal gründlich auszuschlafen. Nachmittags bin ich dann mit dem Bus nach Disneytown gefahren.

Es ist ein ordentlicher Fußmarsch von Tante Idas Haus bis zur Bushaltestelle, aber das hat meiner erwünschten Sportlichkeit sicher nur gutgetan. Außerdem hätte mich nur Rigo abholen können – von daher, nein danke.

Oh, bei meinem ersten privaten Bummel durch Disneytown hab ich doch tatsächlich meinen Traummann kennengelernt!

Er liest mir jeden Wunsch von den Augen ab und macht mir die tollsten Geschenke: Zuckerwatte, Lebkuchenherzen, mit Schokolade überzogene Früchte und oooooooohhhh – der reinste Hammer – die besten Karamellbonbons seit Erfindung des Zuckers.

Wenn ich nur 40 Jahre älter wäre ...

Mein Traummann heißt Gustav, ist circa 60 Jahre alt und Besitzer des Süßigkeitenstandes Sugar Rush, der hinter Tante Idas Achterbahn liegt.

Aber nicht nur deswegen ist Gustav zu meiner Number one geworden. Er ist auch noch total lustig. Ich wusste zwar die meiste Zeit nicht, wann er die Wahrheit sagte und wann er nur Scherze machte, aber das ist in Ordnung. Ich mag ihn einfach.

Ins Gespräch gekommen sind wir, als ich mir einen glasierten Apfel bei ihm geholt habe.

»Bist du nicht die weltbeste Nichte von Ida, mein Fräulein?«

Mein Rücken und mein Stolz (und auch mein Hintern) waren zwar noch von der Autoskooterblamage lädiert, trotzdem musste ich grinsen. »Kann schon sein. Ich finde natürlich, dass ich das bin. Mir war aber nicht bewusst, dass das auch anderen aufgefallen ist.«

Er überreichte mir den Apfel, zwinkerte mir zu und meinte: »Solche Dinge sprechen sich schnell herum. Man munkelt auch, dass du eine begnadete Autoskooterfahrerin sein sollst.«

Gut, da war ich natürlich kurz versucht, ihm diesen schönen roten glasierten Apfel an den Kopf zu werfen, doch erstens wäre das echt schade um den Apfel gewesen und zweitens schwang in seiner Stimme so viel Humor mit, dass ich unwillkürlich weitergrinsen musste und ihm gar nicht böse sein konnte.

»Ja, auch das bin ich«, sagte ich also. »Soweit ich gehört habe, werde ich gar nicht den Führerschein machen müssen, so beeindruckt sind sämtliche Fahrprüfer von meinen Fähigkeiten.«

»Da muss ich mich doch glatt mal auf eine Spritztour von dir mitnehmen lassen«, erwiderte er. »Ich wollte immer schon mal ein Crashtestdummy sein.«

Keine Ahnung, wer von uns beiden daraufhin lauter lachte.

In dem Moment gesellte sich eine Frau in Gustavs Alter zu uns. Sie kaufte jedoch nichts, sondern schob Gustav einen Hotdog über die Theke zu, in den er sofort hineinbiss.

Ich hatte meinen kandierten Apfel bereits halb verputzt und starrte den Hotdog wohl etwas zu sehnsüchtig an, denn die Dame meinte plötzlich: »Na, Kleines, Hunger?«

»Ähm, na ja.« Leicht verlegen hielt ich den Apfel hoch. »Ich bin ja schon versorgt.«

Sie winkte ab. »Ach, das Zeug ist doch Unsinn ...«

»Hey, verjag mir nicht meine Kunden, Trixie«, warf Gustav ein.

Sie lachte. »Als ob du nicht der Erste wärst, der mir zustimmen würde.« Sie bedeutete mir, mit ihr zu kommen. »Na los, bei mir bekommst du ein ordentliches Abendessen.«

Gustav, der sich soeben genießerisch die letzten Reste seines Hotdogs einverleibte, rief: »Warte noch kurz, Fräulein.«

Er packte eine große Tüte Karamellbonbons auf die Theke und sagte: »Die sind für dich. Kennenlerngeschenk quasi. Und wenn sie dir schmecken, mach ich dir für jede weitere Tüte einen Freundschaftspreis.«

Ich konnte mich gar nicht genug bedanken. Tante Idas Nichte zu sein, ist toll, das muss ich schon sagen. Zwar werde ich in Kürze selbst wie ein gefülltes

Bonbon durch Disneytown rollen, aber man muss das Leben doch genießen, oder?

Mhmmmm, so lecker ...

»So, Kindchen, was isst du denn gerne?«, fragte mich die Frau, als wir an ihrem Stand ankamen.

Ähm, alles? »Ähm ... ja, äh ... einiges.«

Ich sah die kleine ältere Frau mit dem grauen Pagenkopf und der grünen Schürze fasziniert an. Obwohl sie weder eine Katze noch einen Buckel hatte, erinnerte sie mich irgendwie an die Hexe aus Hänsel und Gretel. Wobei das, glaube ich, nur daran lag, dass sie mich mit Essen lockte.

Übrigens ein sehr gutes Mittel, um mich zu ködern. Auch wenn ich keine Ahnung habe, warum mich die Leute hier so verwöhnen. Die kennen mich doch gar nicht.

»Na, was soll es denn als Erstes sein? Hotdog, Langos? Komm, du bist eingeladen.«

»Aber das geht doch nicht«, sagte ich, fügte dann aber schnell hinzu: »Einen Langos mit Käse, bitte. Oh, und Knoblauch.«

Musste ja keinen Jungen küssen.

Sie bereitete mir meinen Langos zu, während ich ihr Karamellbonbons anbot.

»Oh nein, Kleines, nichts Süßes für mich. Da halte ich es wie Gustav. Der Süßkram kann einem ziemlich gut die Zähne ziehen. Besonders die dritten.«

Ich schob mir ein Bonbon in den Mund. »Wirklich? Sogar die dritten?«

»Wenn ich in so einen süßen, kandierten Apfel beiße wie du vorhin, klebt nachher mein ganzes Gebiss daran. Kein sehr schöner Anblick, glaub mir.« Sie lachte und zeigte dabei ihre schönen künstlichen Zähne.

»Ich glaube, ich könnte trotzdem nicht darauf verzichten«, nuschelte ich mit dem Bonbon im Mund. »Oh, auf so was aber auch nicht«, schwärmte ich, als sie mir den Langos zuschob.

Trixie sah mich verzückt an. »Ich mag Mädchen mit gesundem Appetit. Es gibt doch nichts Schlimmeres als diese Salatstocherer!«

Ich dachte an meine selbst auferlegte Salatdiät, die ich keinen Tag durchgehalten hatte, und verdrehte zustimmend die Augen. »Find ich auch schlimm.«

Ich nahm einen großen Bissen von dem köstlichen heißen Teil, kaute, lobte Trixie für ihre Kochkünste und sagte dann: »Wo bleibt denn da der Spaß am Leben, wenn man sich immer nur kasteit?«

»Du gefällst mir, Mädchen. Bravo!«

Bemüht bescheiden senkte ich meinen Blick auf den Langos und nahm noch einen herzhaften Bissen. Ich kann mich nicht daran erinnern, dass ich jemals für meine Einstellung zu fettigem und süßem Essen gelobt worden war.

Weiß auch gar nicht, ob es da wirklich was zu loben gibt, aber man nimmt ja gern jede Anerkennung an.

»Versteh mich nicht falsch«, erklärte Trixie, als sie mir eine Flasche Wasser reichte, »ich sage nicht, dass junge Mädchen sich nicht auch gesund ernähren sol-

len. Aber diese Hungerhaken, die sich jede Erbse in zwei Teile schneiden, damit sie möglichst lange zum Essen brauchen und so nicht auffällt, dass sie eigentlich gar nichts essen, die tun mir einfach nur leid. Die haben doch keine Freude am Leben und schön finde ich sie auch nicht gerade. Bei deiner Tante zum Beispiel ist das was anderes. Die kommt immer wieder her und gönnt sich was Gutes, aber da sie so unruhig ist wie ein Hummelschwarm und ständig in Bewegung, nimmt sie einfach nicht zu.«

Ich nickte. Da war was dran.

Dann fragte ich: »Wieso wissen eigentlich alle, dass ich die Nichte von Ida bin?«

»Soll das ein Witz sein, Kindchen? Ich habe dich gestern schon vorbeilaufen sehen und zu Gustav gesagt, dass du sicher Idas Nichte bist. ›Gustav‹, hab ich gesagt, ›merk dir meine Worte, das ist sie!‹ Und er meinte dann auch sofort, dass du Ida wie aus dem Gesicht geschnitten bist.«

Vor lauter Überraschung hätte ich das letzte kostbare Stück Langos beinahe auf Trixies Tresen gespuckt.

»Nee, oder?«, war das Einzige, was ich herausbrachte.

»Sei nicht beleidigt, Kleines. Ich weiß, dir mag sie uralt erscheinen, aber sie war schon immer sehr attraktiv. Ist sie heute noch.«

»Ja, doch, das finde ich ja auch. Aber ich …«

Ich hatte keine Ahnung, was ich sagen sollte. Wenn

man gerade so viele Komplimente bekommen hatte – über sein Verhältnis zu fettigem Essen und dass man aussieht wie die eigene Großtante (okay, so nüchtern aufgezählt klingt das beides nicht so berauschend, doch ich wusste, dass Trixie es nett meinte) –, dann wollte man einfach nicht zugeben, dass man zeitweise an totalen Komplexen litt und gar nicht glauben konnte, dass man tatsächlich attraktiv sein soll.

»Ich finde Tante Ida total super«, sagte ich schließlich.

»Du bist ihr wie aus dem Gesicht geschnitten«, wiederholte Trixie und sah mich dabei fast andächtig an.

Hmmm, ich habe gestern Abend beim Zähneputzen ziemlich lange in den Spiegel gestarrt. Vielleicht sehe ich Tante Ida ja wirklich ähnlich und es stimmt, was man über verzerrte Selbstwahrnehmung sagt – dass man sich immer kritischer als andere sieht.

Vielleicht hat Ben mich also doch längst wahrgenommen und weiß nur nicht, wie er mich ansprechen soll?

Hach ...

Sonntag, 6. August

Status: Kleiner Lichtblick? Schaffe vielleicht doch irgendwann den Führerschein. Werde aber trotzdem als alte Jungfer sterben.

8:15 Uhr. Halbe Stunde noch, dann wird Tante Ida mich sicher zum Abmarsch rufen. Ich hoffe nur, sie ist nicht sauer, weil ich das Frühstück heute abgelehnt habe. Aber sie will mir ständig so eine Weizenkleie aufschwatzen. Da bleib ich doch lieber bei meinen Karamellbonbons von Gustav. ☺

Dabei hat sie mich letztens erst noch gefragt, ob ich gerne Eier zum Frühstück hätte. Bacon and eggs, mhmm. Hatte natürlich Ja gesagt. Aber sie vergisst ständig einzukaufen.

Deshalb hat sie mich letztens auch viermal gerufen, nur um mich zu fragen, ob sie Eier zum Frühstück kaufen soll. Sie hätte nämlich ansonsten auch die Frage vergessen, hat sie mir später erklärt. Sie muss immer alles gleich fragen, sagen und erledigen, sonst vergisst sie es einfach. Glaub ich ihr aufs Wort. Aber sie hat auch wirklich eine Menge um die Ohren.

So, aber nun zu gestern. Hatte da meinen ersten

Autoskootertag seit Mittwoch. Insgeheim nenne ich die kleinen Autos jetzt meine bunten Plastikbabys. Ich mag sie mittlerweile richtig gerne und habe das Gefühl, als könnte ich schon annährend, halbwegs, ein bisschen umgehen mit ihnen.

Louis hätte gestern eigentlich seinen freien Tag gehabt, aber Tante Ida hat ihn gebeten (und sicher auch dafür bezahlt, ich hoffe doch, dass meine Tante keine Ausbeuterin ist), mir am Vormittag beim Autodrom behilflich zu sein und mich anzulernen.

Tja, also haben ich und mein sexy Sonnenbrand den Vormittag mit Louis verbracht.

Ich finde, er sollte nicht Pilot, sondern Lehrer werden. Und wenn schon kein richtiger Lehrer, dann zumindest Fahrlehrer. Er kann echt gut erklären und ist sehr geduldig. Und er hat eine angenehme Stimme. Großer Vorteil für einen Lehrer, finde ich. Man hört ihm einfach gerne zu.

Wobei ich mir auch gut vorstellen kann, wie er aus seinem Cockpit Meldungen macht. »Hier spricht Ihr Kapitän. Das Wetter am Zielort ist sonnig und warm. Gleich werden Ihnen von meiner Crew Getränke und ein kleiner Snack serviert.« Hihi. Und das mit dieser schönen, tiefen Stimme ...

Na ja, als ich meine Gedanken laut vor Louis aussprach, hat er nicht gelacht, sondern ist einfach nur rot angelaufen (da hatten wir kurz was gemeinsam).

Warum muss ich es auch immer so übertreiben? Wenn ich es wenigstens bei der Wetter- und Snackdurchsage gelassen hätte, aber nein, natürlich musste ich noch eins draufsetzen und weiter »durchsagen«.

»Übrigens kann es sein, dass wir in den nächsten Minuten heftige Turbulenzen durchfliegen müssen. Ich bitte Sie also, auf Ihren Sitzen zu bleiben und den Sicherheitsgurt anzulegen. Mein hübsches Boardpersonal bitte ich, dasselbe zu tun – ab auf eure Plätze, Gurte an. Kapitän Louis fliegt euch jetzt durch ein paar schwarze Löcher ...«

An der Stelle verzog Louis das erste Mal das Gesicht und ich überlegte fieberhaft, wie ich ganz schnell von meiner »Durchsage« ablenken sollte. Das Wetter in Disneytown war zwar nicht sehr interessant, aber um einiges unverfänglicher. »Wahnsinn, wie heiß es hier immer ist, oder? Also, ich mag ja die Hitze. Die Kälte mag ich aber auch, ich ...«

»Weißt du, Ali ...«, unterbrach Louis mich.

»Ja? Ich meine, nein?«

»Ich will nicht Pilot werden, weil ich das Bedürfnis habe, da oben den Helden zu spielen.«

»Das weiß ich doch!«, rief ich fast schon empört aus, fragte mich dabei aber, was ich denn wirklich über Louis wusste.

»Doch. Du bist wie die anderen ...«

»Ich?« Jetzt war ich wirklich empört. Und gleichzeitig auch belustigt. Ich wie die anderen? Ich, die sich in Fettnäpfchen schmiss, in deren Nähe andere Menschen nicht mal kamen? Schön wär's, wenn ich so sein könnte wie alle anderen! Doch das sagte ich ihm nicht.

»Du glaubst, ich will mich aufspielen.«

»Das stimmt doch gar nicht«, erwiderte ich heftig. »Wieso sollte ich das glauben?«

Er sah mich mit hochgezogenen Brauen an, ich starrte zurück. Da kurz darauf die aktuelle Runde Autoskooter endete, mussten wir unser Gespräch unterbrechen.

Louis atmete tief ein – ich hatte das Gefühl, ihm war die Diskussion mittlerweile genauso peinlich wie mir – und sagte dann: »Komm schon, Ali. Diesmal fährst du auch eins zurück in Startposition. Du kannst das.«

Nein, kann ich nicht, dachte ich. Und erklärte ihm das auch. Schließlich fügte ich hinzu: »Ich probiere es schon noch, versprochen.«

Ich wollte das wirklich gern mit ihm klären. Ich hatte mich doch überhaupt nicht über ihn lustig machen wollen! Eigentlich wollte ich nur, dass er *mich* lustig fand. Nur, wie sollte ich ihm das erklären?

Okay, Comedian sollte ich wohl nicht werden. Hmpf.

Nachdem wir die nächste Runde Besucher in die Autoskooter gesetzt hatten, stellte ich mich wieder neben ihn. »Louis, es tut mir leid.« Ich warf ihm einen zerknirschten Blick von der Seite zu.

Er hatte die Hände in den Hosentaschen und daher mal keine Hand frei, um sich sein Haar hinter die Ohren zu streichen, wie er es sonst so oft tut. Es fiel ihm in die Stirn, vor die Augen. Aus irgendeinem völlig unsinnigen Grund bekam ich plötzlich Herzklopfen.

Wenn ich ganz ehrlich bin … er sieht schon ziemlich gut aus. Wie ein junger Johnny Depp. Womit wir wieder bei *Fluch der Karibik* wären. Meine Freundinnen stehen ja eher auf den geschleckten Orlando Bloom. Aber ich würde mich jederzeit für ~~Lou …~~ Johnny Depp entscheiden.

»Wie bist du denn eigentlich auf die Idee gekommen, Pilot werden zu wollen?«, fragte ich, als er nichts sagte.

Er hob die Schultern. Nachdem er sie wieder fallen gelassen hatte, sagte er: »Ich bin der totale Technikfreak. Na ja, und so viele Talente habe ich nicht. Aber ich habe festgestellt, dass ich eine Sache gut kann.« Jetzt sah er mich an. »Ich kann ruhig bleiben, wenn es nötig ist. Auch in Situationen, wo die meisten anderen total panisch werden.«

»Das stimmt. Wenn ich dran denke, wie schnell du in der Geisterbahn reagiert hast …«

»Ach das.« Er winkte ab und grinste. »Außerdem wollte ich schon als kleiner Junge immer mal sagen: ›Hier spricht Ihr Kapitän.‹«

»Ha! Also doch!«

Plötzlich lachten wir beide und er griff nach meiner Hand. »So, komm schon, Ali. Jetzt machst du deinen ersten Autoskooter klar.«

Als er mich zu einem der kleinen Autos zog, wo wir notwendigerweise ganz eng nebeneinanderstehen mussten, stellte ich fest, dass er total gut duftete. Irgendwie nach Freiheit und nach Gras und Zitrone.

Langsam kann ich gut verstehen, warum Katya sich in ihn verliebt hat. War echt ziemlich dämlich von mir gewesen, zu denken, dass er eine Liga unter ihr spielt ...

Es war ein ganz komisches Gefühl, als Louis plötzlich vom Autoskooter und damit aus meiner unmittelbaren Nähe hüpfte. Am liebsten hätte ich ihn zurückgeholt.

Natürlich nur, weil ich ohne ihn vollkommen aufgeschmissen war auf dem Ding.

Was ich nur wenige Sekunden später direkt unter Beweis stellte – ich verlor das Gleichgewicht und hockte plötzlich seitlich auf dem Fahrersitz.

»Geht's?«, rief Louis erschrocken und wirkte mit einem Mal ziemlich beunruhigt. *Ha, den Herrn Piloten kann ja doch was aus der Fassung bringen,* dachte ich kurz – nicht ganz ohne Triumph. Hatte ich es also tatsächlich geschafft, Mr Cool zu irritieren.

Na ja, auf der anderen Seite – wen irritiere ich eigentlich nicht?

»Klar!« So lässig wie möglich winkte ich ab, immer daran denkend, die Mundwinkel nach oben zu ziehen, damit man mir den Schmerz nicht ansah.

Peinlich war dann nur, dass Louis es nicht allein schaffte, mich zu befreien. Ich steckte so fest, wie angeblich schon an meinem ersten Tag auf dieser Erde im Geburtskanal meiner Mutter.

(»Wenn es nach dir gegangen wäre, dann wärst du noch immer in meinem Bauch« – einer von Mamas Lieblingssprüchen, den sie auch gerne mal auf meinen Geburtstagspartys vor meinen Freunden zum Besten gibt. »Stellt euch vor, mit einer Zange haben die Ärzte sie rausholen müssen und sie war ganz blau, weil sie sich mit so viel Anstrengung an ihre Mami gekrallt hat.«)

Zwei junge Typen – Besucher – kamen Louis schließlich zu Hilfe. Das war so, so peinlich. *Aliens?*, dachte ich nur, *wo seid ihr denn immer, wenn man euch braucht? Holt mich doch endlich ab!*

Zu allem Übel kam kurz darauf auch noch Super-Kat (also Katya) an. Dann standen wir zu dritt vor dem Autodrom und guckten den herumrasenden Kids zu. Na ja, ich tat das. Katya hatte sich bei Louis eingehängt und säuselte vor sich hin.

Katya ... Grrr. Dieses Wesen hat eigentlich einen eigenen Tagebucheintrag verdient.

Sie ist 17 und (laut Tante Ida) nicht mehr mit Louis zusammen. Das wusste ich aber zu dem Zeitpunkt noch nicht. Eigentlich wirkten sie schon so, als wären sie noch ein Paar.

An Katya ist alles dunkel und weich und samtig – die Haare, die Haut und die Augen. Ich glaube, wenn ich ein Typ wäre oder lesbisch, würde ich mich auf der Stelle in sie verlieben. Da ich aber weder das eine noch das andere bin, kann ich sie leider nicht ausstehen.

Dabei ist sie richtig nett. Na ja, ein wenig seltsam ist sie schon. In unserem ersten Gespräch hat sie mir erzählt, dass ihr Vater Deutscher ist und ihre Mutter Persisch-Hawaiianischer Abstammung.

»Und deine Mutter?«, hat sie daraufhin gespannt gefragt.

»Ähm, die ist Kölsch-Titisee-Neustädter Abstammung«, erwiderte ich irritiert.

»Total interessant!«

Will die mich verarschen?

»Katya möchte Anthropologie studieren und macht für das nächste Schuljahr gerade ein Projekt über Abstammung«, erklärte Louis, als hätte er meine Gedanken gelesen.

Gut, machte irgendwie Sinn, dass sie sich so vorgestellt hatte.

Einer meiner Traumberufe (sofern ich das mit dem Aufschlitzen für Operationen hinbekommen sollte) ist Tierärztin. In Zukunft werde ich mich also so vorstellen: »Hi, mein Name ist Ali und ich denke, ich sehe aus wie ein krankes Meerschweinchen, dem man ein bisschen Bauchfett absaugen sollte. Und du? Wie siehst du aus?«

Menno, die Frage kann ich mir selbst beantworten. Katya sieht aus wie eine wunderschöne, erstklassige Katzenzüchtung, an der nichts krank oder verkehrt ist, und die nur fürs Impfen zum Tierarzt muss.

»Anthropologie … wow!«, war das erste Doofe, was mir einfiel.

Und dann noch viel doofer: »Dann passt ihr ja echt gut zusammen. Louis wird Pilot und fliegt durch die ganze Welt. Und du als Anthropologin … ja, du musst wohl auch die ganze Welt bereisen. Dann könnt ihr ja immer zusammen … ähm …«

Oh Gott, wie peinlich. Die beiden starrten mich einfach nur an.

»Ich … möchte Tierärztin werden«, stammelte ich dann noch. »Also, falls ich das mit dem Aufschlitzen schaffe …«

Mist, manchmal bin ich echt unfähig! Zum Glück musste ich weiterarbeiten und hatte eine Ausrede dafür, die beiden einfach am Rand stehen zu lassen und abzuhauen.

Als Tante Ida und ich abends heimfuhren, fragte ich sie nach Katya und Louis.

»Och Louis … gefällt er dir also doch?«

»Tante Ida!«, zischte ich. »Das hast du mich schon mal gefragt! Muss das jedes Mal kommen, wenn ich mich nach einem meiner Kollegen erkundige?«

Sie feixte. »Na gut, touché! Lass mich ja nicht den Anruf morgen vergessen.«

»Was für ein Anruf?«, erkundigte ich mich misstrauisch.

»Na, ich muss doch neue Bälle für die Wurfbude bestellen. Das hab ich dir doch heute gesagt, oder? Lass mich das ja nicht vergessen. Ich muss mir das irgendwo aufschreiben. Kannst du das für mich aufschreiben?«

»Oh, Tante Ida«, rutschte es mir raus. »Lass *du* mich ja nicht vergessen, dich irgendwann mal darauf hinzuweisen, dass du ständig das Gesprächsthema wechselst und es verdammt schwer ist, deinen Gedankengängen zu folgen.«

»Wirklich?« Sie runzelte die Stirn. »Komisch. Das hat mir schon mal jemand gesagt.«

»Jemand? Nur ein Einziger?«

»Na ja, vielleicht waren es auch zwei oder drei.« Sie winkte ab. »Schwamm drüber. Wir verstehen uns doch prima, du und ich, oder?«

»Klar. Ich wünschte nur, du würdest mich nicht immer fragen, ob mir ein Typ gefällt, nur weil ich mich über ihn erkundige.«

Wir fuhren von der Landstraße ab und kamen in den kleinen Ort, in dem Tante Ida wohnte.

»Okay, okay, liebe Nichte. Ich frage dich nicht mehr, ob dir ein Junge gefällt.« Sie zwinkerte mir zu. »Bei Louis weiß ich das sowieso. Er gefällt allen Mädels.«

»Ha!«, machte ich. »Also mir bestimmt nicht. Er ist nett, das geb ich zu, aber das ist auch alles.«

»Genau, nur nett«, unkte Tante Ida. »Ansonsten ist er ziemlich dumm und hässlich und ...«

»Und wie lange ist er jetzt schon mit Katya zusammen?«

»Auch wenn ich natürlich weiß, dass dich das überhaupt nicht interessiert, sage ich dir gerne, dass die beiden letzten Sommer zusammengekommen sind und sich dieses Jahr kurz vorm Sommer getrennt haben. Warum weiß ich allerdings nicht, aber es würde dich ja auch nicht interessieren.«

Ich starrte sie an. Sie sah dermaßen begeistert über ihr eigenes Witzchen drein, dass ich plötzlich laut lachen musste.

Sie warf mir einen kurzen Blick unter hochgezogenen Augenbrauen zu. »Ach Süße, man müsste schon blind sein, um dein Interesse an ihm nicht zu bemerken.«

Ich hörte auf zu lachen und lief knallrot an. »Das kann gar nicht sein, Tante Ida, denn zufälligerweise bin ich ...« Irgendwie konnte ich es nicht unterdrücken, mich äußerst umständlich an dieser Stelle zu räuspern. »Hahämm, hahämm ...«

»Musst du dich übergeben? Soll ich stehen bleiben? Deine Mutter hat mir gesagt, dass es beim Autofahren Probleme geben könnte.«

War ja klar. Als hätte meine Mutter es sich auch verkneifen können, etwas zu erwähnen, was mich total dämlich aussehen lässt.

»Bitte kotz mir nicht in dieses Auto. Die Vorderfenster klemmen beide, den Geruch bekomme ich sonst nie wieder raus.«

Ich war brav und starrte durch die Windschutzscheibe. Ich hätte lieber in Idas Auto mit den kaputten Fenstern gekotzt, als noch ein Wort über Katya zu hören.

Komisch. Obwohl sie womöglich wirklich schon längst von Louis getrennt ist und ich ohnehin nicht in Louis, sondern in Ben verliebt bin (mal ganz davon abgesehen, dass ich beide nicht will, aber das brauche ich ja nicht immer zu erwähnen), bin ich so eifersüchtig auf dieses Mädchen.

Aber warum?

Hmm, irgendwie hat sie einfach alles, wahrscheinlich ist es das. Sie hat ein wunderschönes Gesicht, eine tolle Figur, dann noch wunderschöne Haare und natürlich kein einziges Pickelchen im Gesicht. (Wieso muss jemand, der eh schon so toll aussieht, dann auch noch das Glück haben, komplett pickelfrei zu sein? Das ist doch total unfair!) Ja und dann hatte sie eben noch einen tollen Freund, sie kommt aus einer stinkreichen Familie – und nett ist sie auch noch!

Das ist eigentlich das Schlimmste. Es ist schwer, jemandem was zu missgönnen, wenn er so nett ist.

Hmpf.

Na ja, zumindest hat sie Louis nicht mehr.

Nicht, dass das wichtig wäre für mich ... Caro hat mal die Feststellung gemacht, dass Frauen sich immer in den gleichen Typ Mann verlieben. Wenn das zutrifft, dann *könnte* ich mich ja gar nicht in Louis verlieben, denn er ist – und sieht auch ganz anders aus – als Ben.

Ben hat dunkelbraune Haare und – jetzt kommt's – dunkelblaue Augen! So, wie frau es nur aus Büchern kennt. Zumindest ich. Alle anderen Leute, die ich kenne, haben entweder blaue, graublaue (wie ich), braune, grünbraune, dunkelbraune, blaugrüne oder sogar rein grüne Augen (wie Marie), aber außer Ben kenne ich keinen Menschen, der so richtig dunkelblaue Augen hat.

Mein Gott, er ist wirklich schön.

Louis hat braune Augen, und zwar auch ganz besondere, denn zuerst dachte ich, sie wären schwarz, so dunkel sind sie. Und trotzdem sind sie auch ganz warm. Man braucht bestimmt kein Kaminfeuer im Winter, wenn man stattdessen Louis in die Augen sehen kann.

Oh pfui, Ali! Schon wieder dieser pathetische Mist! Kaminfeuer ... was soll denn das?!

Marie-Jolie hat mir gestern eine Nachricht geschickt. Sie hat in ihrem Urlaub einen tollen Jungen aus Schweden kennengelernt, der noch für die nächsten sechs Tage in ihrem Hotel wohnen wird. War kurz versucht, ihr von »meinen« Jungs, nämlich Rigo und Louis zu erzählen, aber im Vergleich zu ihrer Beschreibung des surferblonden Niklas mit den eisblauen Augen klingen ein Schleimbeutel mit Hühnerlache und ein Typ, der immer noch an seiner Ex-Freundin hängt und im Job eine Tintenfischmaske trägt, irgendwie nicht ganz so prickelnd. ~~Obwohl Louis sich gar nicht hinter so einer Maske verstecken müsste ...~~

Marie habe ich allerdings von den beiden erzählt, aber vor allem habe ich versucht, sie über Ben auszuquetschen. Sie wusste anscheinend selbst nicht viel – hoffe, das stimmt und sie wollte mich nicht nur schonen –, außer, dass er in ein paar Tagen mit seiner Familie verreisen würde. Nur ein kleiner Städtetrip oder so was, denn danach musste er in irgendein Sommercamp, um Englisch und Französisch zu büffeln.

Mensch, was würde ich dafür geben, ihm Nachhilfe erteilen zu dürfen. In Mathe bin ich zwar eine Niete, aber Englisch und Französisch – yes, I can, kann ich nur sagen. Oder auch: Oui, je peux. Das heißt doch so, oder? Okay, keine Ahnung. Wäre aber bestimmt trotzdem eine gute Nachhilfelehrerin für Ben ...

Hey, vielleicht wäre das eine Möglichkeit, ihm näherzukommen. Ich muss einfach die weltbeste Nachhilfelehrerin werden und dann muss ich mich irgendwie an seine Mutter ranmachen, also als weltbeste Nachhilfelehrerin; ihr klarmachen, dass ich die beste, ja eigentlich die einzige Chance für ihren Sohn bin.

Vorher werde ich natürlich selbst noch Nachhilfe in besagten Fächern nehmen müssen. Einserschülerin bin ich ja nicht gerade.

Aber sicher werde ich das sogar parallel ablaufen lassen können. Erst kommt ein Nachhilfelehrer zu mir, weiht mich in die großen Künste der Fremdsprachen ein – und gleich danach gehe ich zu Ben und gebe genau das weiter, was ich gerade gehört habe. Mein Kurzzeitgedächtnis funktioniert eigentlich recht gut.

Allein die Vorstellung, ihm endlich näherzukommen, löst ein kribbelndes Gefühl in mir aus, als wären lauter kitzelnde Seifenblasen in mir drin.

Ach, Ben.

Montag, 7. August

Status: Muss vielleicht wirklich Nonne werden. Das ist soo romantisch!

3:15 Uhr. Konnte nicht schlafen und habe ein bisschen was übers Klosterleben gegoogelt. Wahnsinn! Bin in einem der Religionsforen auf eine soooo schöne Liebesgeschichte gestoßen! Man glaubt es nicht!

Eine Userin, die sich »AufJesu'Pfaden84« nennt, hat sich 2008 in dem Forum angemeldet und die anderen Mitglieder um Rat gefragt, ob es wohl der richtige Weg für sie sei, ins Kloster zu gehen, denn sie fühlt sich Jesus so verpflichtet und die moderne Welt ist so oberflächlich usw. Kenn ich ja mittlerweile alles.

Egal, jedenfalls gab es natürlich Hunderte gegensätzliche Meinungen dazu. Das Ganze ging über 24 Forenseiten, die aber sehr spannend zu lesen waren, und schließlich ist sie dann tatsächlich ins Kloster gegangen. Dann ging es in den nächsten Einträgen darum, wie es in so einem Kloster zugeht, wie spartanisch die Zimmer eingerichtet sind, wie enttäuschend es ist, dass es auch unter Nonnen Zickengetue gibt, wie erfüllend aber die ganzen Gebete und Gespräche mit Gott sind. Es gibt dort sogar einen Computer mit Internet im Gemeinschaftsraum, den sie für eine Stunde am Tag nutzen darf.

Sehr spannend alles, vor allem wenn man die Meinungen der anderen dazu liest und dann irgendwann zu dem Schluss kommt, dass so wahnsinnig religiöse Menschen auch nicht sooo anders und manchmal auch gar nicht so viel un-oberflächlicher sind als der Rest der Welt, den sie dauernd anprangern.

Nach etwa 60 Seiten dann plötzliche große Sorgen der Forenmitglieder, weil »AufJesu'Pfaden84« sich von einem Tag auf den anderen nicht mehr meldete. Drei Wochen im Kloster und die Frau schien auf einmal verschollen zu sein. Vier ganze Tage …

Die anderen waren verzweifelt und ich war auch schon voll Sorge. Die Userin namens »Halleluja« bringt es mit folgenden Worten auf den Punkt: »Bitte, AufJesu'Pfaden84, gib ein kurzes Lebenszeichen von dir, sonst muss ich befürchten, dass du heimgekehrt bist zu unserem Herrn.«

Am fünften Tag beziehungsweise in der Nacht, um zwei Uhr, die Erleichterung – und gleichzeitig der Schock, als »AufJesu'Pfaden84« schreibt: »Es tut mir ja so leid, dass ich euch Sorgen bereitet habe, doch die letzten Tage durfte ich zur Strafe nicht ins Internet. Jetzt sitze ich hier in einer Kneipe neben meinem zukünftigen Mann Bruder Johannes (er heißt eigentlich Dirk, aber ich brauche wohl noch etwas Zeit, um mich an seinen weltlichen Namen zu gewöhnen). Er war Gärtner bei uns im Kloster. Als wir uns in meiner zweiten Woche im Kloster zum ersten Mal begegnet sind, hat es einfach ›zoom‹ gemacht …«

Und so weiter und so weiter. Letztendlich sind die beiden von einer Obernonne in den Rosenbüschen erwischt worden. Unglaublich, dass man nicht mal im Kloster vor der weltlichen Liebe sicher ist. Doch die Vorstellung ist auch irgendwie schön und romantisch.

Stelle es mir gerade vor: ich als frisch gebackene junge Nonne, die aus unerwiderter Liebe zu Ben hinter die düsteren Klostermauern geflohen ist. Wie ich nichts ahnend durch den Rosengarten streife, das Herz so schwer vor lauter Schmerz, als ich einen jungen Mann in Kutte und mit einer Heckenschere in der Hand entdecke. Mein Herz setzt für einen Moment aus. Das kann doch nicht … was sollte er … er hier … etwa auch aus Kummer hinter diese düsteren Mauern geflohen?

Unsere Blicke treffen sich … oh mein Gott, es ist tatsächlich ~~Lou~~ BEN! Ich meinte natürlich Ben!!! Zum ersten Mal nimmt er mich wirklich wahr. Er senkt kurz den Blick, weil er weiß, dass er sich zurückhalten muss – ich bin immerhin Nonne! Doch er schafft es nicht, die plötzlich aufkeimende Sehnsucht niederzuringen – er zieht mich an sich und stößt hervor: »Du bist die schönste Ordensschwester, die ich je gesehen habe.«

Seine Hände streifen über meinen Körper. »Oh Gott, du bist so weiblich unter deiner Nonnentracht!«

Unsere Lippen sind sich plötzlich ganz nah, beide werfen wir letzte bange Blicke nach links und rechts – und lassen uns dann eng umschlungen hinter die Rosenbüsche sinken ...

Ich wünschte, so was würde mir mal passieren!

Oh, Ben ... ich liebe dich.

Ich geh jetzt weiterträumen ...

7:45 Uhr. Habe tatsächlich von Ben geträumt und Gott sei Dank nicht von Louis.

Das hätte mich schon sehr beunruhigt, nachdem ich gestern beim Tagträumen bereits kurz sein Gesicht vor Augen hatte und unabsichtlich seinen Namen geschrieben habe anstatt Bens.

Aber der Traum von Ben war auch nicht gerade angenehm, bin total gerädert.

Es war die Wiederholung von *diesem* Freitagabend ... er stand wieder da draußen im Scheinwerferlicht und ich war mit Marie auf der Toilette.

Aaaaaaarrrrrrgh!

Zumindest hat mir der Traum bestätigt, dass es richtig war, von zu Hause abzuhauen. Auch wenn ich heute zum Ponymädchen namens »Peter« muss ... Ich hab jetzt schon Schweißausbrüche. Und obwohl ich bisher noch nie eine Panikattacke hatte, glaube ich, dass ich gerade kurz vor einer stehe.

Wieso bin ich auch so ein Idiot? Wieso habe ich Tante Ida nicht einfach gesagt, dass ich nicht mit Pferden arbeiten kann?

Nur weil ich nicht als Schwächling dastehen will! So ein Blödsinn. Andere haben Angst vor einer kleinen Spinne (okay, ich auch) und andere haben sogar Angst, überhaupt vor die Tür zu gehen (okay, das habe ich eigentlich gerade auch).

Wenn wenigstens Louis nicht wäre. Ich glaube, dann hätte ich Tante Ida schon längst gesagt, dass sie mich nicht für Schichten im Pony-Paradise einteilen soll. Aber das wäre echt peinlich, wenn er erfahren würde, was für eine Loserin ich bin.

Hilft alles nichts – ich muss zum Pony…

12:50 Uhr. Ich gehe nicht zurück. Ganz egal, ob ich dann gleich wieder nach Hause fahren muss, aber GANZ SICHER gehe ich nicht mehr zu dem Pony zurück!

Ich weiß, Tante Ida denkt, meine Hysterie wird vorbeigehen, aber die hat ja auch keine Ahnung, wie es sich anfühlt, in meiner Haut zu stecken.

Handy klingelt – zum Glück, endlich wieder Marie.

13:05 Uhr. Aaaarrrrrgh! Marie hat gesagt, dass Becca gesagt hat, dass ihre kleine Schwester gesehen hat, wie Danielle Sessler und Ben miteinander rumgeknutscht haben. *Jetzt* bin ich wirklich mit den Nerven am Ende.

»Warum erzählst du mir das?«, hab ich Marie fast angeschrien.

»Weil ich dich aufrütteln will. Dir klarmachen will,

dass du endlich nach Hause kommen musst. Du hast hier eine Mission zu erfüllen!«

»Ach ja? Und welche?«

»Die Schnapp-dir-Ben-Mission.«

»Sag mal, bist du dieselbe Freundin, die mich vor ein paar Tagen noch gefragt hat, was ich überhaupt an Ben finde?«

»Ach so, es geht wieder um diesen Freitag. Das wirst du mir nie verzeihen, nicht wahr? Wirst es mir für immer und ewig unter die Nase reiben. Sag mal, kann es sein, dass das der wahre Grund ist, warum du einfach abgehauen bist und mich den ganzen Sommer alleine hier sitzen lässt? Aus Rache?«

»Mensch, Marie, das ist jetzt nicht dein Ernst, oder?«

Keine Antwort.

»Marie? Hallo, Erde an Mariehie. Ach, komm schon, das darf doch jetzt nicht wahr sein.«

Lange Pause, in der ich das Handy vom Ohr nehme und kopfschüttelnd auf Maries Foto auf meinem Display starre.

»Was darf nicht wahr sein?«, höre ich sie endlich sagen.

»Na, dass du alles, was ich tue, auf dich beziehst!«

»Das tu ich doch gar nicht. Ich kann nichts dafür, wenn ich das Gefühl habe, dass du mich absichtlich den ganzen Sommer allein in unserem Kaff hocken lässt, um mich zu bestrafen.«

»Mensch, wenn ich ein Junge wäre, würde ich dich jetzt fragen, ob du gerade deine Tage hast«, murmele ich und überlege, ob ich meinen Kopf auf die Tischplatte knallen soll.

»Was hast du gesagt?«

Ich seufzte. Am liebsten hätte ich gesagt, dass ich ihr dankbar dafür bin, dass sie mir gerade klargemacht hat, dass es bei dem Pony vielleicht doch gar nicht so schlimm ist. Doch ich wollte das Gespräch nicht im Streit beenden.

»Marie, du hast keine Ahnung, was ich heute schon alles durchgestanden habe. Da ist dieses Pony, und als ...«

»Ali! Was machst du in der Nähe eines Ponys?«

»Ich hatte keine Wahl. Und das Pony war noch viel schrecklicher als dieses Pferd damals ...«

»Du musst heimkommen, Ali.«

»Vielleicht muss ich das jetzt sowieso, weil meine Tante mich rausschmeißt. Ich bin einfach von dort abgehauen.«

»Was? Jetzt mach ich mir wirklich Sorgen um dich. Wo bist du denn?«

»Ähm, im Haus meiner Tante, aber das weiß niemand. Ich glaube, ich sollte mich jetzt mal bei ihr melden. Ich schreib dir später noch, ja? Tut mir leid, dass ich dich so im Stich lasse. Überleg dir was, womit ich es wiedergutmachen kann, okay?«

Ein wenig getröstet (hoffe ich), wenn auch immer noch gekränkt (weiß ich), verabschiedete sie sich schließlich von mir.

Leider fällt mir jetzt erst ein, dass es ja eigentlich *ihre*

Schuld ist, dass ich dazu gezwungen bin, den Sommer zwischen Ponys und Leuten wie Rigobert und Katya zu verbringen.

Ha, und dafür habe ich mich gerade noch entschuldigt! Mir ist wirklich nicht zu helfen.

Noch mal Telefon! Hm, fremde Nummer ...

13:20 Uhr. Tante Ida ist ganz schön gerissen. Nicht nur, dass sie mich nicht von ihrem Handy aus anruft, weil sie vermutet, dass ich nicht drangehe, wenn ich ihre Nummer sehe; sie ruft noch nicht mal selber an, sondern lässt den Job genau von der Person erledigen, vor der ich mich auf keinen Fall blamieren will. Was sie nur zu gut weiß.

Grrr.

Als ich das Gespräch annahm, hörte ich erst mal nur Räuspern.

Ich: »Jaaa? Wer ist denn da? Wenn das wieder einer von deinen Telefonscherzen ist, Marie ... oh, oder du es bist, Mama! Jaa, ich bin ...«

»Hier ist Louis.«

Da war ich natürlich kurz sprachlos. Am liebsten hätte ich mich auch ein paarmal geräuspert, aber das kam mir dann doch zu blöd vor.

»Oh, Louis, hi!«, sagte ich stattdessen.

»Ja, ähm, Ali ...«

»Ja, Louis?«

»Ja, also, Ida hat mich gebeten, dich anzurufen. Sie macht sich Sorgen. Wir alle machen das ... wo bist du denn?«

Ich klebte mit dem Ohr an meinem Handy. Hatte er wirklich gerade gesagt, dass sie alle – also auch er – sich große Sorgen um mich machten? Also auch *er*???

»Ich bin hier«, antwortete ich wie der letzte Idiot.

»Hier?«, fragte Louis verwirrt. »Bedeutet ›hier‹ in der Nähe, bist du noch in Disneytown? Wir haben dich überall gesucht.«

»Ach so, nein. Ich bin gerade zu Hause bei Tante Ida.«

»Oh, ich wusste nicht, dass du alleine dorthin kommst. Wahrscheinlich hast du ein Moped, oder?«

Moped? Für so cool hielt er mich? Hätte sehr gerne Ja drauf erwidert ... musste aber verneinen. »Ich bin mit dem Bus gefahren, ich hatte gerade Glück, einen zu erwischen. Die fahren ja nicht so oft ...«

Was erzählte ich ihm da eigentlich?

Ich räusperte mich. »Sagst du Ida bitte, dass es mir total leidtut? Ich weiß auch nicht ... es ... es war nicht in erster Linie wegen des Ponys. Mir ging's nur plötzlich einfach nicht gut. Ich weiß nicht, vielleicht Fieber. Dann wollte ich nur kurz spazieren gehen und ... ja, dann kam plötzlich der Bus.«

Sehr realistisch, wo Louis natürlich genau weiß, dass es bis zur Busstation nicht nur ein kleiner Spaziergang ist. Aber das fiel mir erst nach meiner zusammengestotterten Ausrede ein.

»Wenn du möchtest, kann ich heute gerne mit dir tauschen, Ali. Dann übernehme ich das Ponyreiten.«

Hmm, ein verlockendes Angebot. Ich hätte es ja so

gerne angenommen, wenn es nur nicht so peinlich gewesen wäre, vor Louis zugeben zu müssen, dass ich Angst vor einem Pony habe, das für Kinder wie ein lebendiger, knuffiger Teddybär ist.

»Na ja, vielleicht heute, weil ich vermutlich wirklich etwas krank bin. Das wäre echt total lieb von dir, Louis«, sagte ich schließlich.

»Ali, das ist doch kein Problem, das mach ich gern für dich.«

Mir entflutschte ein kleines »Ohh«, so überrascht war ich.

Pause. Wir schwiegen beide.

Und fingen dann gleichzeitig an zu reden.

»Louis, du ...«

»Ali, du kannst immer ...«

Wir lachten.

»Was kann ich immer?«, fragte ich dann etwas atemlos. Komisch, war plötzlich so aufgeregt.

»Wenn du irgendwas brauchst ... du kannst auf mich zählen. Ich ...«

Ich presste das Handy an mein Ohr und wartete mit angehaltenem Atem darauf, was als Nächstes kam.

Doch es kam nichts.

»Louis, bist du noch da?«

Schweigen.

»Louis? Verdammt, wieso hört der mich jetzt nicht mehr?«

»Ich hör dich, Ali.«

»Oh! Ja, dann ... ähm, ich glaube, ich werde doch

noch mal kurz mit dem Bus nach Disneytown zurückfahren. Ich muss mich bei meiner Tante entschuldigen. Das, ähm, Fieber geht schon wieder langsam zurück.«

Kurzes Getuschel bei Louis.

Dann sagte er: »Bleib einfach dort, Ali. Rigo holt dich ab.«

Aaaarrggh! Konnte Rigo nicht das Pony übernehmen und Louis mich abholen? Dann fiel mir ein, dass der ja noch keinen Führerschein hat. Schade.

»Okay, super, danke!«, versuchte ich, fröhlich zu flöten. Doch Louis hatte schon aufgelegt.

Ich stellte fest, dass mein Herz wie verrückt klopfte. Warum denn das jetzt? Wegen Louis?

Besser gar nicht drüber nachdenken, das bringt mich nur wieder in Schwierigkeiten ...

22:00 Uhr. Tante Ida war zum Glück nicht sauer auf mich. Sie machte mir nur klar, dass ich nie wieder einfach so abhauen dürfe.

»Glaubst du wirklich, ich will mich mit deiner Mutter anlegen?«, fragte sie.

Daraufhin schüttelte ich den Kopf, denn wer will das schon? Sie schien den gleichen Gedanken gehabt zu haben wie ich und wir grinsten uns an.

Sie ist echt so cool!

Die Autofahrt mit Rigo war nach der Ponysache natürlich die reinste »Wohltat« für meine wunde Seele. Kaum stieg ich in sein Auto, gackerte auch schon das Huhn aus ihm.

»Hehe, selten so gelacht! Ich hab deine Showeinlage leider nicht gesehen, aber Lukas von den Torpedozwillingen hat mir alles bis ins kleinste Detail berichtet.«

»Torpedozwillinge? Lukas?«, fragte ich missmutig nach. Es gab also Zeugen für dieses Horrorerlebnis? Konnte es eigentlich noch schlimmer werden?

Den Torpedo kannte ich zwar – er stand in unmittelbarer Nähe vom Pony-Paradise –, aber von einem Lukas oder irgendwelchen Zwillingen hatte ich noch nichts gehört.

Im Übrigen ist der Torpedo eine dieser schrecklichen Disneytown-Attraktionen, die ich kaum ansehen kann, ohne dass sich alles um mich herum dreht.

Die kreischenden Besucher werden auf dem Bauch liegend in einem Käfig aus einer Röhre senkrecht in die Luft geschossen, die Füße nach oben, und sausen dann mit dem Kopf voran wieder nach unten in die Röhre hinein.

Ich frag mich, wie die das machen, ohne zu sterben.

Rigo klärte mich kurz über die Zwillinge auf – Lena und Lukas, die Kinder des Torpedobesitzers –, und kam dann wieder auf meine Begegnung mit Schwarzer Peter zurück.

»Grundgütiger! Das hätte ich so gerne gesehen. Das muss ein toller Ritt gewesen sein.«

»Ja, klar.« Ich musste einfach das Beste draus machen, redete ich mir ein. So humorbefreit war ich doch nicht, dass ich nicht auch über mich selbst lachen konnte. Auch wenn das Ganze echt beschissen gewesen war.

»Hehehehe, sitzt auf einem Zwergpony und brüllt sich die Seele aus dem Leib.«

Ich räusperte mich. »Also ein Zwergpony ist Schwarzer Peter nicht. Ich glaube nicht, dass man auf einem Zwergpony reiten dürfte.«

Der verdammte Kerl ließ seinen Blick über meine Oberschenkel gleiten und wiegte den Kopf hin und her. »Dass das kleine Ding nicht zusammengebrochen ist unter dir ... Ganz schön wacker.«

Dieser Kerl! »Schon klar, dass nur Kleinkinder drauf sitzen sollten, aber ich *habe* ja auch nicht wirklich auf dem Pony gesessen – zumindest nicht freiwillig«, schob ich etwas leiser hinterher.

»Hehe. Ja, das kleine Ding ist echt wacker.«

Ich verkniff mir eine Erwiderung. Was brachte es schon, einem Kerl wie Rigo erklären zu wollen, dass ich selbst nicht wusste, warum das Pony plötzlich losgetrabt war, als ich in seine Nähe kam. Und ich auch nicht wusste, warum es nicht an mir vorbeigerannt oder vor mir stehen geblieben war, sondern sich eingebildet hatte, es müsse direkt zwischen meinen Beinen durchlaufen. Und *so* klein ist Schwarzer Peter dann wieder auch nicht, dass das hingehauen hätte.

Meinen Fehler vom Bauernhof damals, einfach wegzurennen, habe ich nicht noch einmal gemacht, denn ich wusste ja, dass das nicht gut enden würde. Also hab ich einfach die Augen zusammengepresst und gewartet, was passiert.

Und ja, es kann schon sein, dass ich ein bisschen geschrien habe, als ich plötzlich auf dem Rücken des Teufelsviehs gesessen und den ersten Ritt meines Lebens hingelegt habe. Und es kann auch sein, dass ich damit etwas die Aufmerksamkeit der Umstehenden auf mich gezogen habe.

Verdammt, ich hab gewusst, ich kann nicht mit Pferden. Oder mit Ponys.

Nachdem ich nicht nur die Begegnung mit dem Pony, sondern auch die Autofahrt mit Rigo überlebt hatte, beschloss ich, mich selbst zu belohnen und diesen Horrortag mit einem Besuch bei Gustav zu beenden.

»Eine Schokobanane, bitte«, ächzte ich, als ich mich gegen Gustavs Theke lehnte.

»Kindchen, was ist denn mit dir passiert?« Er überreichte mir die Schokobanane zusammen mit einer Zitronenlimonade.

Ich musste erst mal trinken, bevor ich antworten konnte. Nachdem ich noch einen großen Bissen von der Schokobanane genommen hatte, erzählte ich ihm vom Pony – und endete mit den Worten: »Ich weiß nicht mal, wieso sie ›Schwarzer Peter‹ heißt. Das ist doch kein Name für eine Stute, oder? Noch dazu für eine weiße!«

Ein Schauder lief mir über den Rücken, als ich an

dieses Monster dachte. Schnell schob ich mir den Rest der Schokobanane in den Mund, so frustriert war ich.

Gustav lachte. »Ach, das war eine der verrückten Aktionen deiner Tante. Sie wollte unbedingt einen schwarzen Hengst, hatte auch einen in Aussicht – und wollte ihn eben ›Schwarzer Peter‹ nennen. Aber dann wollten die Besitzer das Pferd doch nicht verkaufen. Auf der Suche nach einem anderen Pferd kam sie an einem Wanderzirkus vorbei. Tja, und dort traf sie auf Mrs Nobody. Kannst du dir die Leute vorstellen, die ihre Stute so nennen? Nobody! Schrecklich. Ida hat ihnen das arme Ding abgekauft. Tiere gehören nicht in einen Zirkus, finde ich.«

»Ich glaube, das finde ich auch«, murmelte ich, während ich Schokolade von meinen Fingern leckte. »Natürlich kommt es darauf an, wie es ihnen dort geht. Bei Tante Ida muss Peter ja auch im Kreis laufen.«

»Das stimmt«, sagte Gustav und schob mir eine Tüte mit Karamellbonbons über den Tresen zu. »Aber nur ein paar Stunden am Tag. Den Rest der Zeit über tobt sich Schwarzer Peter auf einer Koppel aus.«

»Aber warum hat sie das Pony denn nun Schwarzer Peter genannt? Nur weil sie den Namen für das andere Pferd ausgesucht hatte?«

Gustav grinste. »Du weißt doch, wie deine Tante ist – wenn sie sich einmal etwas in den Kopf gesetzt hat, ist sie nur schwer davon abzubringen. Und so, wie ich sie kenne, fand sie die Ironie an dem Ganzen auch irgendwie lustig.«

Ja, das klang ganz nach Tante Ida.

Als Gustav mir zusätzlich zu den Karamellbonbons auch noch eine weitere Schokobanane in die Hand drückte, versuchte ich dieses Mal gar nicht erst abzulehnen.

Nach diesem Tag konnte ich ein bisschen süßen Trost wirklich gut gebrauchen.

Dienstag, 8. August

Status: Wegen traurigem Film Besitzerin der dicksten und rötesten Nase der Welt.

1:50 Uhr. Oh Gott, schaue gerade einen Film namens *Die Dornenvögel.* Anscheinend ein Mehrteiler, habe irgendwo mitten im zweiten Teil eingeschaltet. Darin verliebt sich eine junge Frau unsterblich in einen Priester.

So ein schöner Heulfilm. Vor der Liebe ist man wirklich nirgendwo sicher. Schnief.

5:40 Uhr. Na, super. Jetzt habe ich so viel geheult, dass meine Nase wahrscheinlich in drei Tagen noch geschwollen ist.

So ein doofer Film. Man denkt, sie kriegen sich endlich und dann wird alles noch viel schlimmer. Mist, darf gar nicht dran denken, das war so traurig ...

Aber wenigstens ist dieser Meggie erspart geblieben, mit einem kleinen weißen Teufel namens »Schwarzer Peter« zusammenzuarbeiten. Tante Ida meinte gestern noch, ich solle mir selbst zuliebe über meinen Schatten springen und gleich morgen noch einmal versuchen, mich mit Schwarzer Peter anzufreunden. Obwohl ich morgen – also heute – meinen freien Tag habe.

Aber okay, ich werde Gustav und Trixie besuchen und zwischendurch mal – aus sicherer Entfernung – dem Pony zuwinken.

Mensch, dieses Pony!

Eins ist jedenfalls klar: Ich hätte mich vor diesem Biest auch gefürchtet, wenn ich nicht in der Grundschule beim Klassenausflug auf einem Bauernhof von einem Gaul verfolgt worden wäre, vor dem ich mich letztendlich nur noch mit einem Sprung in die hofeigene Senkgrube retten konnte.

Woraufhin sich meine Klassenkameraden samt den beiden Lehrern bei der Heimfahrt im Bus alle in die vordersten Reihen gedrängt hatten, während ich mutterseelenallein in der letzten Reihe vor mich hin gestunken hatte. Noch dazu auf einem alten Lappen sitzend, den der Busfahrer aus dem Kofferraum geholt und mir mit zugehaltener Nase hingeschmissen hatte.

Na ja, es gibt eben so Tage im Leben ...

Oh Mist, schon fast sechs Uhr. Werde nachher nicht aus dem Bett kommen.

8:30 Uhr. Todmüde. Kann mich kaum noch an meinen eigenen Namen erinnern.

Ach so, ja, Ali, auch bekannt als die größte Fettnäpfchentreterin der Welt, die von zu Hause flüchten musste, weil ihr so ziemlich das Peinlichste passiert ist, das je einem Menschen passiert ist.

Ist heute Dienstag?

Verdammt! Muss mich heute mit dem Pony anfreunden.

21:00 Uhr. Herbe Enttäuschung. Louis hatte heute auch seinen freien Tag. Konnte seinem kryptischen Verhalten am Telefon und meiner Reaktion darauf also nicht weiter auf den Grund gehen.

Da Tante Ida scheinbar noch Mamas Worte im Ohr hatte, hat sie nicht versucht, mich schwarz zu bezahlen, sondern hat für den Tag irgendwelche ehemaligen Aushilfen beim Autodrom und in der Geisterbahn eingesetzt.

Statt Louis traf ich Rigo, als ich Pony Peter aus sicherer Entfernung zuwinken wollte.

»Na, Ali? Lust auf einen Ritt?«, rief er mir zu, während er ein armes kleines Kind auf dem Ponyrücken im Kreis herumführte.

Ich konnte meinen Mittelfinger nur schwer in Zaum halten. Da aber ein kleines Kind anwesend war, riss ich mich zusammen.

Als Rigo das Mädchen nach ein paar Runden vom Pony hob, bekam sein Gesicht plötzlich einen ganz verkniffenen Ausdruck. Ächzend verabschiedete er sich von der Kleinen und ihren Eltern, während er eine Hand am Rücken hatte.

Ich kam vorsichtig näher. »Was ist denn los, Rigo?«

»Mist, ich muss mir gerade einen Nerv eingeklemmt haben oder so was. Aua.«

»Was? Komm, verarsch mich nicht. Du willst doch nur, dass ich für dich einspringe, damit du dann zusehen kannst, wie das Pony mich zerfleischt.«

Er schüttelte den Kopf. »Kannst du bitte Ida holen, damit sie Peter in den Stall bringt? Ich muss zum Arzt.«

»Jetzt im Ernst? Oh Gott ... das tut mir echt leid.«

Ich angelte mein Handy hervor und rief Tante Ida an, um ihr zu erklären, was passiert war. Sie sagte, sie würde sofort kommen.

»Rigo, soll ich einen Krankenwagen rufen?« So schrecklich und widerlich er auch war, machte ich mir trotzdem ein bisschen Sorgen um ihn.

»Nein, geht schon. Ich muss mich nur mal irgendwo hinlegen. Kannst du kurz hierbleiben, bis Ida da ist? Musst eh nichts machen, nur aufpassen, dass niemand auf eigene Faust einen kleinen Ritt unternimmt.«

»Ja, klar.«

Kaum hatte Rigo sich ein paar Meter entfernt, kam ein Vater mit einem kleinen Jungen an.

»Schau, das Pony ist frei. Du kannst jetzt reiten«, versprach Papa.

Oje oje, dachte ich und wollte schon erklären, dass das leider nicht möglich war.

Da rief der Junge: »Jaaa! Ponyyyy!«

Na toll. Ich also noch einmal dort rein zu dem Höllenvieh.

Dann kam mir eine Idee.

»Wollen Sie mit reinkommen?«, fragte ich den Vater. »Dann können Sie Ihr Kind selbst hinaufsetzen und eine Runde mit ihm auf dem Pony drehen. Das ist den Kindern meistens lieber«, versuchte ich, ihm zu meinem eigenen Schutz weiszumachen.

Vaters Strahlen machte klar, dass ihm das auch lieber war. Stolz führte er Schwarzer Peter mit seinem Sohn auf dem Rücken im Kreis herum. Ich musste Peter nur nahe kommen, um sie los- und wieder festzubinden. Aber ich fühlte mich gleich viel sicherer mit einem ausgewachsenen Menschen zwischen mir und der kleinen Bestie.

Als Tante Ida endlich ankam, stand ich draußen vor dem Zaun und plauderte mit Schwarzer Peter. Na ja, eigentlich versuchte ich, ihr zu verklickern, dass sie sich ja nicht einfallen lassen sollte, noch einmal mit ihrem Maul in meine Nähe zu kommen. »Ich fürchte mich vor dir, verstehst du das nicht?«, erklärte ich ihr. »Es gibt doch sicher auch Pferde, die sich vor Menschen fürchten, oder? Umgekehrt gibt es das eben auch.«

»Pony! Schwarzer Peter ist ein Pony.«

Ich zuckte ertappt zusammen, aber Tante Ida schmunzelte nur. »Ich hab euch beobachtet«, erklärte sie. »Und gesehen, dass du für ein Kind über deinen Schatten gesprungen bist und tatsächlich noch mal bei Peter drin warst. Du kannst sehr stolz auf dich sein.«

Ich winkte möglichst bescheiden ab. »Ach was, so schlimm ist Schwarzer Peter ja nun auch nicht.«

Glatte Lüge natürlich, die Tante Ida sicher durchschaute. Aber sie sagte nichts dazu.

»Mach dir doch mal einen richtig schönen Tag hier in Disneytown«, schlug sie vor. »Den hast du dir redlich verdient.«

Ich weiß zwar nicht, ob ich das wirklich hatte, aber ich hatte ja sowieso Gustav und Trixie besuchen wollen und spazierte los.

Es war wieder mal richtig voll gewesen in Disneytown. Teilweise musste ich mich durch ganze Kindergruppen oder Familienverbände schieben, um weiterzukommen. Auch total viele Pärchen sind hier unterwegs, wie mir heute klar wurde.

Beim Anblick all der Händchen haltenden Verliebten spürte ich ein sehnsüchtiges Ziehen im Bauch. Ich wollte auch endlich einen Freund haben.

Wieso konnte Ben nicht hier sein? Wieso konnte er nicht mein Freund sein?

Der Frust in meinem Bauch ließ sich am besten durch einen Hotdog vertreiben, beschloss ich. Kaum stand ich vor Trixie, wurde ich auch schon rundumversorgt – mit Hotdog, Limo und einem Gespräch darüber, dass es sich herumgesprochen hätte, was für eine tollkühne Reiterin ich wäre.

Wahnsinn, Disneytown ist genauso ein schlimmes Kaff wie meine Heimat.

Gustav stieß zu uns und gratulierte mir ebenfalls zum Superritt. »Du solltest es mal auf dem elektrischen Bullen versuchen. Demnächst findet wieder ein

Wettkampf zwischen allen Angestellten von Disneytown statt«, erklärte er.

Oh ja, ich hatte den Bullen schon gesehen. Ein mechanischer Stier, der dermaßen wild war, dass sich in dessen Sattel nicht mal die stärksten Männer länger als eine Minute halten konnten.

»Ich finde, du hast vollkommen recht, Gustav«, sagte ich und zog kurz am Strohhalm in meiner Limo. »Wenn jemand wie ich es schafft, auf einem Pony von der Größe eines Zwergpinschers drei Sekunden lang zu reiten, dann ist er prädestiniert für den elektrischen Bullen!«

»Sag ich doch.«

»Ich habe sogar *rückwärts* draufgesessen.«

»Auf dem Zwergpinscher«, ergänzte Gustav.

»Auf dem Zwergpinscher«, bestätigte ich.

Wir grinsten uns über unsere Hotdogs hinweg an und nahmen dann jeder einen herzhaften Bissen.

So lässt es sich leben ...

23:00 Uhr. Ich kann nicht schlafen. Dabei bin ich so müde von der letzten fast durchwachten Nacht.

Und warum kann ich nicht schlafen? Ich glaube, ich muss einfach mal selbst mit mir Klartext reden beziehungsweise denken. Denken ... denken. Irgendwie habe ich gerade Winnie Pooh vor Augen, wie er vor seinem Haus auf einem Baumstamm sitzt und vor sich hin sagt: »Denken, denken, denken ...«

Und was fällt ihm dann ein? Honig! Und was fällt mir ein? Der Rest von der neuen Tüte Karamellbonbons, die ich vorhin von Gustav ergattert habe, hurra!

23:20 Uhr. So, jetzt ist mir schlecht. Habe gezählte 26 und gefühlte 800 Karamellbonbons gefuttert. Warum kann ich nicht einfach nach zwei von den Dingern aufhören? Bin wirklich genauso verfressen wie Winnie Puuh.

Na ja, währenddessen hab ich auf mein Tagebuch gestarrt und mir wieder den Kopf über Louis zerbrochen. Dabei weiß ich gar nicht, wieso ich eigentlich so eine große Sache daraus mache.

Wahrscheinlich weil ich es nicht gewohnt bin, verwirrt wegen Jungs zu sein. Mit Jungs und mir ist es doch sowieso immer das Gleiche. Ich versuche, witzig ihnen gegenüber zu sein, und sie sehen nur Marie.

Als ich Katya kennengelernt habe, war klar, dass das hier genauso ablaufen wird.

Warum also denke ich dauernd daran, wie Louis mich immer ansieht und wie nett er zu mir ist? Vielleicht ist er ganz einfach nur ein netter Mensch!

Aber Jungs sind nicht »einfach nette Menschen« – zumindest nicht zu mir. Meistens nehmen sie mich ja nicht mal wahr.

Schluss jetzt. Ab sofort werde ich mich endlich auf meinen Plan besinnen. Schließlich bin ich nicht nur hierhergekommen, um von zu Hause wegzurennen.

Okay, hauptsächlich natürlich schon, aber nicht mal

ich habe so eine rege Fantasie, dass ich mir einreden kann, für immer weglaufen zu können. Heute ist der achte August, und in etwas über einem verdammten Monat geht die Schule wieder los!

Panikattacke. Verdammt. Wie bitte soll ich in einem Monat in die Schule zurückgehen?

Und wenn ich hierbleibe? Ich könnte ja Rigo heiraten und dann ... NEIN, VERDAMMT!

Warum glaub ich eigentlich immer, dass ich irgendeinen blöden Mann brauche, um glücklich zu sein?! Und warum um alles in der Welt Rigo?! Spinn ich jetzt schon total?! Na ja, schätze, ich wollte nicht so eingebildet sein, gleich an Louis zu denken.

Aber warum ist es überhaupt eingebildet, sich vorzustellen, dass Louis mein Mann sein könnte? So toll ist er ja auch nicht. Er ist einfach nur nett. Hmm, aber auch ein Mann, der mich schon dreimal gerettet hat – zweimal aus dem Autoskooter und einmal in der Geisterbahn vor sich selbst beziehungsweise vor der schrecklichen Maske, die er trug.

Aua, hab mir beim Bonbonzerbeißen auf die Lippe gebissen. Geschieht dir recht, du zuckerabhängige, männerschmachtende, pferdeängstliche Fettnäpfchentreterin!!!

Schluss. Ich geh ins Bett.

Freitag, 11. August

Status: Entwickle mich zum fleißigsten Wesen der Welt. Nach zwei freien Tagen kann ich es kaum erwarten, wieder zu arbeiten – kenn mich selbst gar nicht mehr!

8:25 Uhr. Wir fahren gleich nach Disneytown. Bin gespannt, wie es heute wird, denn Tante Ida scheint Riesenprobleme mit dem Geschäftsführer von Disneytown zu haben, Heinrich Groß-Denk, Katyas Vater.

Was genau los ist, kann ich nicht sagen, aber es scheint mehr eine Privatfehde zu sein. Ich habe sie telefonieren hören. Oh ja, die Frau kann schimpfen. Ich dachte, ich krieg mich gar nicht mehr ein, als ich sie belauscht habe.

Obwohl, belauscht trifft es nicht wirklich, denn sie ging zwar zum Telefonieren ins Wohnzimmer, während ich beim Frühstück in der Küche saß, aber so, wie sie herumgebrüllt hat, hätte sogar Beethoven am Höhepunkt seiner Taubheit jedes einzelne Wort gehört.

Irgendwann schien sie sich dann daran erinnert zu haben, dass ich ganz in der Nähe war, denn sie ist plötzlich nach oben in ihr Schlafzimmer gerannt und hat dort weitergebrüllt.

Ich habe nur »Ich hätte es wissen müssen« und »Das ist sooooo typisch für euch! Für euch alle!« verstanden. Und: »Eines sag ich dir, Heinrich Groß-Denk ...«

Puh, einerseits natürlich total unangenehm, so was mitzuerleben, denn obwohl ich natürlich nichts dafür konnte – dadurch, dass ich so viel von dem Streit mitanhörte, kam ich mir wie eine Spionin vor. Andererseits aber auch sehr interessant. So sehr, dass ich hinterher nachfragen musste, was denn passiert sei.

Tante Ida hat mich nur angesehen und tief durchgeatmet.

»Es hat gar keinen Sinn, sich darüber aufzuregen«, hat sie schließlich gemeint, um dann noch hinzuzufügen: »Aber ich rate dir eins, traue niemals einem Mann!«

Ha, bisher hatte ich ja nicht mal die Chance, einem Mann zu trauen. Die bemerken mich doch gar nicht! Und überhaupt, vertrauen würde ich nur Ben ... wenn ich ihn zum Beispiel wirklich in Mönchskutte antreffen und er zu mir sagen würde, ich sei die schönste Nonne, die er je gesehen hätte.

Hm, irgendwie hat sich mein Ursprungsgedanke ans Kloster ganz schön verändert. Und das, obwohl ich Ben schon so lange nicht mehr gesehen habe.

Aber bin ich nicht genau deswegen geflohen? Um ihn eben *nicht* sehen zu müssen?

Müssen jetzt erst mal los. Aber ich freue mich, wieder zu arbeiten. Und das hat nichts damit zu tun, dass ich Louis wiedersehe!

23:20 Uhr. Heute war wieder so ein Tag ... UFF!

Habe echt keine Ahnung, wieso ich mir so viel auf Louis' Blicke und seine Worte am Telefon, dass ich immer auf ihn zählen könne, eingebildet habe.

Warum sollte sich überhaupt irgendein Typ für ein molliges, tollpatschiges langosfressendes Mädchen wie mich interessieren, das von einer Peinlichkeit in die nächste stolpert?

Mensch, ich war ich so blind.

Wahrscheinlich ist das meine gerechte Strafe. Hatte ja gehofft, dass ich vielleicht mehr Chancen bei Ben habe, wenn sich ein Junge wie Louis in mich verliebt, weil es mein Selbstbewusstsein stärken würde ...

Ich schäme mich richtig. Vor knapp zwei Wochen noch hab ich wirklich ernsthaft vorgehabt, nie wieder was mit Jungs zu tun haben zu wollen. Beziehungsweise mich nie wieder zu verlieben.

Aber ganz ehrlich, »AufJesu'Pfaden84« hat es doch vorgeführt – man entkommt diesen Kerlen einfach nicht. Zumindest nicht, wenn man nicht wirklich dazu bereit ist. Wobei »AufJesu'Pfaden84« im Vorfeld eigentlich nicht so gewirkt hat, als würden sie Männer besonders interessieren.

Warum also ist ihr dann ausgerechnet im Kloster die Liebe ihres Lebens über den Weg gelaufen?

Aber ist er überhaupt die Liebe ihres Lebens? Sind die beiden überhaupt noch zusammen? Die ganze Geschichte im Forum war ja doch schon ein paar Jahre alt ...

Ich weiß momentan gar nichts mehr, außer dass heute der schlimmste Tag war, seit ich hier angekommen bin.

Heute sollte ich die Wurfbude betreuen und immer wieder Dosen aufstellen, die ganz schweren, und nur wenn die Leute schon ganz ungeduldig waren oder uns des Betrugs bezichtigten, die weniger schweren. Die Dosen haben die Form dieser süßen, kleinen Aliens aus *Toy Story,* die sich im Film Kartoffelkopf als Papa aussuchen. Und der Hauptgewinn ist ein Woody in Lebensgröße!

Letztendlich hat allerdings nur *Rigo* Dosen aufgestellt, denn zum Dosenaufstellen braucht es nur einen.

»Das ist deine Aufgabe«, hat er mir auf meinen irritierten Blick hin erklärt und mir einen riesigen orangefarbenen Lappen hingehalten.

»Aha. Okay«, sagte ich. »Soll ich irgendwas putzen?« Dachte mir währenddessen, dass ich mal mit Tante Ida übers Gendern sprechen sollte. Frauen werden zum Putzen eingeteilt, oder wie?

Rigo sah mich an, als hätte ich einen schlechten Witz gemacht, und hat mich dann mit dem Lappen stehen lassen und angefangen, die Dosen aufzustellen.

Wie riesig war dieses Ding eigentlich?

Ich faltete es langsam auseinander, als Rigo mich auch schon anwies: »Na? Wird das heute noch was? Anziehen!«

Wie bitte? Ich entfaltete das Ding vollständig.

Nein, dachte ich. *Nein!*

»Ich soll da rein?! Davon hat mir Ida aber nichts gesagt!«

»Du kannst sie gerne anrufen, wenn du willst. Wir alle müssen ab und zu da reinschlüpfen, das Geschäft ankurbeln. So lockt man die Kids an.«

Ich sah ihn böse an. Wie viel Grad hatten wir heute noch mal? 34?

Okay, immer positiv denken, redete ich mir ein. Das Ding war überhaupt nicht für meine Figur geschaffen, sodass ich ohnehin kaum was darunter anziehen konnte. Vielleicht würde es also gar nicht so heiß darin werden ...

Hahaha.

Das einzig Positive an dem Ganzen war, dass niemand mich in dem knallorangen Plutokostüm erkennen konnte. Außer natürlich meine Arbeitskollegen.

Die sahen zwar auch nicht mein Gesicht in dem Ganzkörperkostüm, wussten aber alle ganz genau, wer für den Tag eingeteilt war, um als lebensgroßer, hechelnder Zeichentrickhund herumzulaufen.

Wobei das an sich ja überhaupt nicht schlimm gewesen wäre. Aber das Kostüm war für 1,85 Meter große Laufstegmodels geschnitten, die hauptsächlich aus Beinen bestehen, mit gaaanz kurzem, flachem Oberkörper und null Hintern.

Bei mir sah das folgendermaßen aus: Zwischen Füßen und Knien waren nur Stofffalten, dicke orange Stofffalten, die über den Knien in zwei kurze Knackwürste übergingen. In was die Knackwürste wiederum endeten, möchte ich nicht beschreiben. Nur so viel: Ein Heißluftballon ist nichts dagegen.

Ich sah aus wie ein verformter Teletubby mit schwarzen Hängeohren. *So darf Louis mich niemals sehen,* ging es mir durch den Kopf. Kurz klammerte ich mich an die Hoffnung, dass er vielleicht krank sei ... oder von mir aus auch in den plötzlichen Flitterwochen mit seiner Sandkastenliebe (aber nicht mit Katya, das würde ich nicht überleben!).

Ha! Da dachte ich noch, dass ich das nicht überleben würde ... und jetzt? Jetzt hab ich erfahren, dass er sehr wohl noch immer ... mein Gott, wie ich Kerle hasse!

Ich hatte mich gerade in das Kostüm gezwängt und ein Stoßgebet zum Himmel gesandt, dass Louis krank sein möge, als ich hörte, wie Rigo hinter meinem Rücken zu irgendjemandem sagte: »Jetzt sieh dir doch mal diesen mächtigen orangefarbenen Windelpopo an. Da möchte man doch gleich draufklatschen, hehe.«

Dieser Typ! Keine Spur von Dankbarkeit, dass ich mich für ihn dem Pony gestellt hatte! Zu schade, dass er seinen eingeklemmten Nerv sofort mit Wärme und Salbe behandelt hat und schon wieder fit ist.

Wütend fuhr ich zu ihm herum. »Ich klatsch dir auch gleich eins ... oh, guten Morgen, Louis. Scheiße.«

Verdammt, wenn mir wenigstens das Scheiße nicht rausgerutscht wäre! Und wenn Louis wenigstens nicht so gut ausgesehen hätte (noch hatte er die Piratenmaske nur in der Hand).

Hm, ohne die blöde Maske sieht er eigentlich immer gut aus ...

»Ali? Ich ... ich habe dich gar nicht erkannt.«

Okay, das war das schönste Kompliment, das ich je bekommen habe.

»Also, ich hab sie sofort erkannt, hehe. An ihrem schaukelnden Hinterteil.«

Wut stieg heiß in mir auf. Plötzlich hatte ich das Gefühl, in dem Plutokopf zu ersticken.

»Du bist echt ein Vollidiot«, fauchte Louis. »Weißt du das eigentlich, Rigo?«

Zu meinem großen Schrecken bemerkte ich plötzlich, dass mir die Tränen kamen – zum Glück versteckt vor der Welt im Plutokopf.

Ich weiß nicht, ob es der gemeine Kommentar von Rigo war oder doch eher die Dankbarkeit und Rührung, weil Louis mich verteidigt hatte. Jedenfalls stellte ich gleich noch viel entsetzter fest, dass es mich unmenschliche Kräfte kostete, nicht laut aufzuschluchzen.

»Du solltest jetzt in die Bude gehen, Rigo, dort drüben kommen schon die ersten Leute«, meinte Louis trocken und sah Rigo eindringlich an.

»Spielen wir uns heute als Chef auf, oder was?«, meckerte Rigo, wandte sich aber tatsächlich der Bude zu.

Nein, nicht weggehen, Rigo, lass mich jetzt nicht mit Louis allein, dachte ich, während das erste Schluchzen durch meinen Mund schlüpfte, das ich jedoch geschickt noch als Mischung aus Husten und Niesen tarnen konnte. Was beim nächsten Schluchzen nicht mehr ganz so gelang.

Verzweifelt wollte ich mich an Rigo vorbei in die Bude drängen, um mich dort hinterm Tresen zu verstecken, da ging plötzlich ohrenbetäubendes Gekreische los. »Goofy! Da ist Goofy! Ich will ein Foto mit ihm, wo ich auf ihm reite!«

»Oha, dein Typ ist gefragt.« Rigo kam wieder hinter dem Tresen hervor, packte mich am Kostüm und schob mich erbarmungslos in Richtung der Kinderstimme, die zu einem kleinen Jungen gehörte – flankiert von Vater, Mutter und drei weiteren Kindern, die aufgeregt auf und ab hüpften.

Während ich einen letzten verzweifelten Versuch unternahm, die Luft anzuhalten, um das Heulen wie einen Schluckauf zu unterdrücken oder um mich zumindest selbst bewusstlos zu machen, belehrte Rigo die Kinder: »Das ist aber nicht Goofy, das wisst ihr schon, oder?«

»Doch, das ist Goofy!«

In dem Moment konnte ich nicht mehr – die Dämme brachen und ich schluchzte lauthals.

Die Kinder starrten mich mit offenen Mündern und großen Augen an. Mama und Papa ebenso. Muss ganz schön komisch ausgesehen haben, der orangefarbene Teletubby mit der Hundeschnauze, der aus dem Schütteln und Schluchzen gar nicht mehr rauskam.

Plötzlich übermannten mich sämtliche Gefühle dieser Welt auf einmal – Sehnsucht nach Ben, Demütigung vor Louis, ja, auf einmal vermisste ich sogar Mama und Papa!

Eines der Kinder, circa fünf Jahre alt, sagte laut (wahrscheinlich, um mein Geheule zu übertönen): »Mama, weint der dicke Hund, weil ich Goofy zu ihm gesagt hab?«

Und ein anderes (das sich wohl besonders schlau vorkam) fragte: »Oder weint er, weil er so dick ist?«

Obwohl es an Peinlichkeit nicht zu überbieten war – und ich ganz genau wusste, wie ich von hinten aussehen musste, rannte ich einfach davon. Dort stehen zu bleiben, wäre sogar noch schlimmer gewesen, als mit spürbar auf und ab hüpfendem Hinterteil durch Disneytown zu rennen.

Das Blöde ist, ich konnte nicht mal stehen bleiben, als ich weit genug weg war, weil nämlich überall Kinder waren, die mich angafften, ihre Eltern am Oberteil zupften und riefen: »Da ist Pluto! Ich will ein Foto mit Pluto.« (Manche sagten auch Goofy und irgendwann war ich mir selbst nicht mehr sicher, wer ich war.)

»Ali!«

Ich legte noch einen Zahn zu und betete, dass ich mich verhört hatte oder – falls nicht – jemand anderer mit dem Namen »Ali« gemeint war.

»Ali? Hey, du bist doch Ali, oder?«

Ich wurde am Arm gepackt und blieb schließlich unwillig stehen.

Ein junger Typ, der irgendwie Ähnlichkeit mit einem Engel hatte (blonde Locken, blaue Augen, warmes

Lächeln) stand vor mir und sah mir in meine Plutoaugen. »Du bist doch Ali, oder?«, wiederholte er.

Ich ließ den Plutokopf hängen. »Ja. Leider.«

»Was?« Er lachte. »Keine Ahnung, was los ist, aber Ida hat mich gebeten, dich zurückzuholen. Deine Kollegen können gerade nicht weg.«

»Ja, ich kann mir schon vorstellen, warum Rigo nicht wegkann. Der muss dort herumstehen und über mich herziehen.«

»Ach, komm schon, dass der Kerl ein Arsch ist, wissen wir alle. Ich bin übrigens Lukas.«

»Oh, hi, ich bin ... ach, das weißt du ja. Aber meine Freunde dürfen auch Pluto zu mir sagen.« Ich grinste – auch wenn er das nicht sehen konnte – und fühlte mich plötzlich etwas besser. »Gehört deinem Vater der Torpedo? Bist du *der* Lukas?«, fragte ich ihn.

Er nickte. »Der bin ich.«

Schlagartig fiel mir wieder ein, was Rigo mir noch über Lukas erzählt hatte – nämlich, dass er über meinen unfreiwilligen Ritt gespottet hatte. »Du hast mich also reiten sehen, ja?«

Er lachte so laut und fröhlich, dass ich plötzlich mitlachen musste. Hätte nicht gedacht, dass mich in dem Moment noch was zum Lachen bringen könnte. Schon gar nicht, wenn es sich dabei um eine weitere peinliche Szene aus meinem Disneytownleben handelte.

»Das war so toll, Ali! Oh, schau mal,

da möchte wohl jemand ein Foto mit dir.« Lukas übernahm die Kamera von einer Mutter und fotografierte sie und ihre drei Kids gemeinsam mit meinem Alter Ego »Pluto«.

»Du musst meine Schwester kennenlernen. Sie ist schon ganz gespannt auf dich«, sagte Lukas, als wir wieder alleine waren.

»Wegen meines Ritts?«, hakte ich misstrauisch nach.

»Ach, Quatsch. Nein, einfach so. Alle waren schon gespannt darauf, wie Tante Idas Nichte so sein würde. Wir sind hier wie eine große Familie.«

»Find ich total cool«, tönte ich aus Pluto heraus.

Wir mussten erneut für ein Foto stehen bleiben. Plötzlich musste ich fast lachen.

Wenn die Leute gewusst hätten, was für ein Gesicht Pluto in dem Kostüm machte, wären sie wohl etwas irritiert gewesen.

»Ist dir eigentlich nicht heiß in dem Ding?«, fragte Lukas.

»Doch.« Aber ich konnte den Plutokopf auf keinen Fall absetzen, so verheult, wie ich war.

»Aber ich kann den Kopf doch nicht absetzen. Wegen der Kinder.«

Lukas nickte und sah mich fast bewundernd an.

Wir mussten immer wieder stehen bleiben, damit sich Kinder mit mir fotografieren lassen konnten, aber dank Lukas ging es mir schon etwas besser. Irgendwie war er so normal im Vergleich zu Tante Ida, Rigo, Joe, Katya und auch Louis.

Ich war kurz davor, mir zu gratulieren, jemand so Netten getroffen zu haben, als er plötzlich sagte: »Hey, dort drüben ist Katya. Kennst du sie schon? Sie ist manchmal etwas anstrengend, aber wahnsinnig nett. Tolles Mädel. Kein Wunder, dass Louis immer noch völlig fertig ist wegen ihr und sie unbedingt zurückhaben will.«

Es tat mir total leid für Lukas, dass ich daraufhin ganz schweigsam wurde, aber diese Offenbarung war wie ein Schlag in den Magen gewesen. Verdammt. Kurz war ich drauf und dran gewesen, Lukas zu fragen, warum um alles in der Welt Louis mir dann mit seinen blöden Blicken Hoffnungen gemacht hatte.

Wie peinlich das gewesen wäre. Louis ist nun mal ein netter Mensch und die ein, zwei langen Blicke habe ich mir vermutlich nur eingebildet, weil ich mich so sehr danach sehne, auch mal gemocht zu werden. Ach, verdammter Mist.

Ich weiß zwar nicht, wie, aber ich schaffte es, als würdevoller Pluto zur Wurfbude zurückzukehren. Wahrscheinlich war es der Schock über das, was ich erfahren hatte. Ich trug meinen Hundekopf hoch erhoben, während der Überlebenstrieb in mir immer stärker wurde und versuchte, an meinen anscheinend doch irgendwo vorhandenen Stolz zu appellieren.

Okay, Louis, sagte ich mir, *ich bin dir also völlig egal. Tja, dein Pech, du wirst schon noch merken, was du verpasst. Rigo, du nennst meinen Hintern fett? Tja, dein Pech, dass du ihn nie anfassen wirst. Tante Ida …*

Oh, Scheiße, ich hatte Tante Ida vergessen. Von ihr hatte Lukas ja den Auftrag, mich zurückzuholen. Sie stand neben der Wufbude, die Hände in die Hüften gestemmt, und sah mir kopfschüttelnd entgegen.

Meine erste Intention war, den Stolz über Bord zu werfen und jammernd zu beteuern, wie leid es mir tat, dass ich eine so schwierige Mitarbeiterin war. Doch dann gewann der Stolz wieder die Oberhand in mir.

Ich sah Tante Ida fest in die Augen (was sicher noch beeindruckender gewesen wäre, wenn ich daran gedacht hätte, endlich diesen blöden Plutokopf abzusetzen, doch man kann nicht alles haben).

»Tante Ida«, rief ich durch den Mundspalt. »Tut mir leid, dass ich meinen Platz verlassen musste, doch da drüben gab es eine große Kindergruppe, die mich unbedingt sehen wollte. Ich wusste nicht, dass ich die ganze Zeit bei der Wurfbude bleiben muss, und wollte nichts anderes, als auch diese Kinder«, ich zeigte in die Richtung, aus der ich gerade mit Lukas gekommen war, »glücklich zu machen. Ich hoffe, das ist in Ordnung.«

Sie schwieg kurz, dann sagte sie: »Was soll denn eigentlich der ganze Aufstand, Schätzchen? Natürlich darfst du alle Kinder hier in Disneytown glücklich machen. Das ist deine Aufgabe.«

»Oh … na, dann ist ja alles gut.«

»Rigo.« Tante Ida wandte sich meinem blöde feixenden Kollegen zu. »Morgen bist du mit Pluto dran, ja? Kannst gleich damit anfangen, Ali eine Einschulung ins Dosenaufstellen zu geben. Ich möchte keine Klagen hören.«

Da verging dem Arsch endlich das Grinsen. Wenigstens etwas Gutes, das heute passiert ist.

Oha, Ida klopft an.

Samstag, 12. August

Status: Dermaßen unfähig, mir einen Typen zu angeln, dass sogar schon meine Großtante eingreifen muss.

8:40 Uhr. Verdammt. Es herrscht dicke Luft zwischen Tante Ida und mir. Dabei hatten wir gestern Abend, als sie in meinem Zimmer vorbeigeschaut hat, so ein tolles Gespräch.

Sie hat gemerkt, dass es mir nicht gut ging, und hat darum vor dem Zubettgehen bei mir angeklopft. Im ersten Moment hatte ich befürchtet, dass sie mir vielleicht doch noch eine Standpauke halten würde, aber weit gefehlt.

Als sei reinkam, hat sie mich mit so einem lieben Blick angesehen, dass mir sofort die Tränen in die Augen geschossen sind. Weil ich erkannt habe, dass sie weiß, wie beschissen es gerade für mich läuft.

Sie setzte sich auf mein Bett, während ich, das Tagebuch an mich gepresst, am Schreibtisch hockte und mit aller Gewalt die Tränen zu unterdrücken versuchte.

»Es gibt so Tage, oder ...?«, sagte sie sanft.

Ich konnte nur nicken.

»Weißt du, wie oft ich mit meiner Mutter gestritten habe, als ich jung war?«, fuhr sie dann fort und ich dachte: *Okay, jetzt macht sie wieder einen für sie typischen Sprung zu einem ganz anderen Thema. Doch dem war gar nicht so.*

»Danach hab ich auch immer in mein Tagebuch geschrieben.« Sie lächelte.

Ich drückte mein Tagebuch noch fester an mich und sah wohl etwas misstrauisch aus, denn sie sagte schnell: »Keine Angst, ich hab nicht reingesehen, aber na ja, du hast einen Stift in der Hand und auf dem Buch steht ›Diary‹. Da war es nicht so schwer, eins und eins zusammenzuzählen. Jedenfalls, was ich sagen wollte ... ich glaube, jeder Mensch, der Tagebuch führt, hat für bestimmte Phasen in seinem Leben ein Hauptthema, über das er immer wieder in seinem Tagebuch schreibt. Bei mir war es eine sehr lange Phase, wirklich jahrelang, in der es eben um diese unzähligen Streitereien mit meiner Mutter ging. Das Lustige oder auch Tragische daran ist, dass jeder um mich herum, auch meine Mutter, dachte, dass mir der ständige Zoff am Arsch vorbeiging. Sag deiner Mutter bitte nicht, dass ich ›Arsch‹ gesagt habe.«

Ich grinste und sie fuhr fort, wobei sie richtig melancholisch aussah. »Kein Mensch hat begriffen, wie wichtig sie mir war, meine Mutter. Ja, ich fand, sie trampelte auf meinen Nerven herum und darum hab ich mich revanchiert und gleich doppelt auf ihren Nerven herumgetrampelt. Aber trotzdem habe ich sie geliebt. Ich konnte es ihr bloß nie sagen ... nur meinem Tagebuch.«

Woah, es war irgendwie heftig, Tante Ida so zu sehen. Und ich begriff noch immer nicht ganz, wieso sie mir das erzählte. Ich dachte nur: *Wow, zum Glück ist meine Mutter nicht das Hauptthema in meinem Tagebuch.*

»Ich glaube, dass du glaubst, dass bei dir Jungs das Hauptthema sind«, sagte sie dann.

Ich hustete. Dann versuchte ich möglichst gelassen abzuwinken, als wollte ich damit sagen: »Jungs? Ich? Ist das dein Ernst?«

»Aber es geht gar nicht um Jungs«, fuhr Tante Ida fort. »Es geht einzig und allein darum, wie viel du dir selbst wert bist – und du bist dir viel zu wenig wert.«

Das schob sie ziemlich brutal hinterher, doch ich wusste, dass sie recht hatte.

»Das stimmt doch gar nicht«, sagte ich trotzdem. »Ich weiß schon, was ich wert bin ...«

»Dann ist ja gut. Und was genau? Zähl mir mal fünf Sachen auf, die du so richtig gut an dir findest.«

Ich legte das Tagebuch auf den Tisch und überlegte.

»Fällt dir nichts ein?«, fragte Tante Ida beinahe sofort.

»Nicht so schnell!«, protestierte ich und beschloss, das Erstbeste zu sagen, das mir in den Sinn kam. »Ich hab tolle Freundinnen.«

Ida verzog das Gesicht. »Falsche Antwort. Was noch?«

»Wieso?«, fragte ich verwirrt. »Zählt das denn gar nichts?«

»Natürlich zählt es was. Wenn man tolle Freunde hat, bedeutet das wohl, dass man sie verdient. Und das sagt schon viel über dich aus, aber du weißt, was ich eigentlich meinte, oder?«

»Anscheinend nicht«, erwiderte ich, um Zeit zu gewinnen. *Verdammt, was finde ich gut an mir?,* überlegte ich fieberhaft. Ich kann gut in Fettnäpfchen treten, aber irgendetwas sagte mir, dass meine Tante lieber andere Dinge hören wollte.

Tante Ida stand plötzlich auf. »Es ist spät und vielleicht war das auch alles etwas zu viel für den Anfang. Aber«, sie sah mich an, »vielleicht fallen dir ja bis zum Frühstück morgen zumindest drei Dinge ein, die du so richtig an dir magst ...«

»Apropos Frühstück«, platzte es aus mir heraus. »Erzählst du mir, warum du dich heute Morgen mit Katyas Vater am Telefon gestritten hast?«

»Gestritten? Ach das ...«

Hatte ich mir das nur eingebildet oder war sie plötzlich wirklich rot angelaufen? Ihre Hände flatterten unruhig umher. Ich sah ihr an, dass sie nicht darüber reden wollte, aber die Gelegenheit, von mir abzulenken, war einfach zu gut.

»Ist alles wieder gut zwischen euch? Das war doch er heute Morgen, mit dem du dich so gestritten hast, oder? Macht er dir irgendwie Probleme mit dem Pachtvertrag?«

Da winkte sie lachend ab. »Ach Ali, kein Mann kann mir wirklich Probleme machen!«

Ach ja? Da fragte ich mich aber schon, warum sie mich heute Morgen erst davor gewarnt hatte, jemals einem Mann zu vertrauen.

Da stimmte doch etwas nicht!

Tante Ida hielt sich die Hand vor den Mund und gähnte. Allerdings wirkte das Ganze extrem gekünstelt. »Ich muss ins Bett, Kleines, und du auch.«

Sie klopfte mir zum Abschied auf die Schulter und verließ das Zimmer mit einem weiteren »Gähnen«.

Faszinierend. Hätte nicht gedacht, dass meiner Großtante irgendetwas peinlich sein könnte. Hoffentlich bekomme ich noch raus, was zwischen ihr und diesem Typen läuft!

Beim Frühstück eben hat sie ganz vergessen, mich nach den drei Attributen zu fragen, die ich an mir mag. Dabei habe ich beim Einschlafen und heute Morgen beim Zähneputzen so intensiv darüber nachgedacht, was ich ihr sagen würde.

Zuallererst wollte ich ihr gestehen, dass sie total ins Schwarze getroffen hatte. Ich bin wirklich viel zu abhängig von der Meinung anderer und will immer gemocht werden, sonst kann ich mich anscheinend selbst nicht mögen.

Verflixt, das muss ich sofort ändern!

Als ich versucht habe, noch mal an unser Gespräch von gestern Abend anzuknüpfen, hat sie – genau wie gestern, bevor sie mit Katyas Vater am Telefon gestritten hatte – ihr Frühstück stehen lassen, weil ihr – mmhm, genau – ganz plötzlich eingefallen ist, dass sie noch dringend eine E-Mail an diese Är**** vom Finanzamt schreiben muss.

Mann, war die stinkig. Hoffe nur, dass nicht doch ich der Grund dafür bin, sondern dieser dämliche Heinrich Groß-Denk oder eben die Är**** vom Finanzamt.

21:50 Uhr. Nach Tante Idas Flucht vom Frühstückstisch war ich schon ziemlich gespannt auf die Autofahrt nach Disneytown. Ehrlich gesagt hab ich mich fast davor gefürchtet. Aber statt eisigem Schweigen, mit dem ich gerechnet hatte, erwartete mich das komplette Gegenteil.

Als ich mich auf den Beifahrersitz setzte, bellte sie los: »Ich finde, es wird Zeit, dir das Autofahren beizubringen. Du bist doch fast 18, oder?«

»Ähm, ich bin 16 ...«

»Mit fast 18 hab ich von Motorrädern bis hin zu Kleinlastern alles gelenkt, was mir nur untergekommen ist. Ihr Mädchen heutzutage seid alle so ... ich will jetzt nicht sagen verweichlicht, aber ja, ihr seid verweichlicht. So, jetzt sag mir endlich, was gestern los war. Was hat Louis gemacht? Oder hat Rigo dich genervt?«

Ich kam nicht dazu, ihr eine Antwort zu geben, in ihrer Rage legte sie gleich wieder los: »Was ist denn nun mit Louis? Mir ist aufgefallen, dass er dich immer anstarrt und ständig deine Nähe sucht.«

»Jaa, irgendwie schon, oder?«, stammelte ich und war plötzlich richtig glücklich.

Endlich jemand, der es auch bemerkt hatte. Endlich ein Beweis, dass ich mir das alles doch nicht nur eingebildet hatte.

»Ja, sag ich doch«, antwortete sie und sah mich verwundert an. »Na und? Was ist denn jetzt mit ihm und dir?«

»Eben nichts«, stieß ich hervor. »Wobei ich das alles auch nicht verstehe. Er sieht mich doch wirklich total oft an, oder? Ich meine, ich stehe nicht auf ihn oder so ...«

»Määp!« Sie ahmte das Geräusch eines Buzzers in einer Quizshow nach. »Das hatten wir schon, dass du nicht auf ihn stehst und er dir völlig egal ist, weil du ja schon deinen schnuckeligen Freund in deinem schnuckeligen Heimatort hast, aber jetzt komm schon, Ali. Ich bin 50 Jahre alt, kenne mich schon etwas aus in dieser Welt und bin zufällig auch nicht blind. Also, was ist denn nun los?«

»Keiner mag mich!«, brach es aus mir hervor, obwohl ich es nicht leiden konnte, wenn ich so pathetisch war.

Verdammt, Ali, mahnte ich mich, *nicht die Selbstmitleidsnummer, komm schon!* Ich wusste genau, wenn Tante Ida jetzt versuchte, mich zu trösten, dann würde ich losheulen.

Doch die dachte ohnehin nicht daran, die liebevolle Tante heraushängen zu lassen, sondern sagte stattdessen trocken: »Ich dachte, du hast so tolle Freundinnen?«

»Von denen rede ich ja gar nicht. Es ist ja nicht so, dass ich denke, dass mich gar niemand auf der Welt mag. Aber Louis tut es anscheinend nicht. Und der Junge aus meinem Heimatort bestimmt nicht.«

Ich warf Ida einen kurzen Blick von der Seite zu und sah, dass sie die Augenbrauen hob, während sie in den Kreisverkehr einbog.

»Warum ist dieser Junge dir dann so wichtig, wenn du denkst, dass er sich gar nichts aus dir macht?«

Ich zuckte mit den Schultern, auch wenn ich nicht wusste, ob sie das beim Fahren sehen konnte. Doch eine bessere Antwort fiel mir nicht ein. Keine Ahnung, warum Ben mir so wichtig ist ... wo die Liebe halt hinfällt. »AufJesu'Pfaden84« und die junge Frau aus *Die Dornenvögel* haben es bewiesen – man kann sich nicht aussuchen, in wen man sich verliebt.

»Starrt dich dieser Junge auch die ganze Zeit so an wie Louis?«

»Eher nicht, nein.«

Mein Gott, es ist schon erbärmlich, wenn man seit über einem Jahr in jemanden verliebt ist, von dem man nicht mal sicher sagen kann, ob er einen überhaupt schon mal richtig wahrgenommen hat.

Dabei habe ich Ben sogar einmal meinen Namen genannt. Auch wieder so eine Katastrophengeschichte. Seitdem wissen zumindest Bens zwei beste Kumpel, dass ich existiere.

Ach ja, hurra, seit jenem Freitag auf der Bühne weiß er es ja *Gott sei Dank* auch.

Scheiße, echt.

Schuld daran, dass ich mich so dermaßen blamiert habe, als ich mich Ben endlich vorstellen wollte, ist übrigens niemand Geringeres als Hillary Clinton.

Wir hatten im Rahmen der amerikanischen Präsidentschaftswahlen – am Super Tuesday im März, um genau zu sein – eine Doku über die beiden aussichtsreichsten Kandidaten – Donald Trump und Hillary Clinton – gesehen, und die Vorstellung, dass womöglich bald eine Frau den sogenannten wichtigsten Job der Welt haben würde, hat mir schon imponiert.

Zu Hause habe ich mich im Internet ein bisschen über Hillary schlaumachen wollen und bin dabei auf YouTube auf ein Interview mit dem Ehepaar Clinton gestoßen, in dem die beiden von ihrem Kennenlernen erzählen.

Mein Gott, selbst Caro, die echt null Romantik in sich hat, war hin und weg, als ich ihr davon erzählt habe, und Marie und Marie-Jolie sowieso.

Irgendwann zu Collegezeiten stand in der Bibliothek an einem Ende des Raumes die junge Hillary und am anderen Ende der junge Bill. Er hat ihr sofort gefallen, hat sie gemeint und darum hat sie ihn wohl ganz schön angestarrt – und Bill hat ganz augenscheinlich zurückgestarrt.

Und dann, dann ist sie einfach auf ihn zugegangen, durch diese große Bibliothek, ohne ihn aus den Augen zu lassen – während er sie natürlich auch immer noch angestarrt hat. Als sie bei ihm angekommen war, hat sie gesagt (ich übersetze): »Komm schon, das ist doch lächerlich. Wenn wir uns schon die ganze Zeit ansehen, dann sollten wir auch wissen, mit wem wir es zu tun haben. Ich bin Hillary Rodham. Und du?«

Und er? Er war so hin und weg, dass er im ersten Moment seinen eigenen Namen vergessen hat.

Tja, und was dachte ich natürlich? Dass ich es einfach *genau so* machen würde. Dass ich Ben genauso mit meinem Mut, meinem Selbstvertrauen und meiner (ähm, heimlich geplanten) Spontaneität aus den Socken hauen würde.

Ich sah das alles schon vor mir ...

Gleich am nächsten Tag schien mir das Glück hold zu sein. *Das ist mein Super Wednesday,* dachte ich noch. Es war zwar nicht die Schulbibliothek, wo ich ihn dann entdeckt habe, sondern unsere Cafeteria, aber ansonsten war die Szene eigentlich perfekt.

Er stand mit seinen Freunden etwas abseits und biss gerade in einen Schokoriegel, als ich mich abrupt zu Marie umdrehte und ihr eindringlich zuflüsterte: »Bleib bitte da sitzen, ich komme gleich wieder. Geh mir nicht nach.«

Sie rief mir hinterher, was denn los sei und wohin ich denn wollte. Ich wandte mich noch einmal zu ihr um, zischte »Pssst« und deutete mit einer Kopfbewegung zu Ben.

Ihr fiel die Kinnlade herunter. Quietschend schob sie

ihren Stuhl zurück und lief mir ein paar Schritte nach. »Oh nein, du machst jetzt nicht einen auf Hillary. Caro! Marie-Jolie!« Sie winkte unsere Freundinnen herbei und zeigte beinahe anklagend auf mich. »Sie will einen auf Hillary machen.«

»Oh, wie süß!« Das war Marie-Jolie.

»Ich werd nicht mehr!«, rief Caro.

Ich ignorierte sie und ging auf Ben zu.

Das könnte etwas wirklich Großes werden, dachte ich dabei. *Wahrscheinlich würden unsere Enkelkinder noch ihren Enkelkindern davon erzählen.* »Wenn eure Ur-Ur-Großmutter nicht so mutig gewesen und euren Ur-Ur-Großvater nicht angesprochen hätte, dann gäbe es euch heute gar nicht.«

Ich hatte das Gefühl, als würde ich in Zeitlupe auf ihn zugehen. Nachdem keine Windmaschine zur Unterstützung da war, warf ich meine Haare selbst immer wieder schwungvoll nach hinten, während ich wie ein Model auf dem Laufsteg mit sexy Hüftschwung auf ihn zuschritt.

Marie-Jolie meinte zwar später, ich wäre mit hochrotem Kopf wie eine »sehr niedliche, aber auch ziemlich verrückte Ziege« auf ihn zugesprungen und hätte andauernd »irgendetwas Komisches« mit meinen Haaren dabei gemacht, aber na ja, die Wahrheit wird wohl irgendwo dazwischen liegen.

Wenigstens hatte sie *niedliche* Ziege gesagt ...

Tja, und dann kam ich bei ihm an. Und er nickte mir zu.

Das dachte ich zumindest, während ich vor meinem inneren Auge schon sah, wie ich den Brautstrauß warf, kurz nachdem ich einen innigen Kuss von meinem mir frisch angetrauten Gemahl erhalten hatte. Ich sah … oh, ach ja, da wurde mir bewusst, dass ich wohl endlich etwas sagen sollte. Sogar seine beiden Kumpels sahen mich schon an.

Ich sagte also, während ich mir, laut Marie-Jolie, circa achtzehnmal hektisch mit den Händen durch die Haare fuhr: »Hi du … Es ist doch lächerlich, oder? Du, ähm, nickst mir zu … ich, ähm, sehe dich andauernd an … ja, ähm, ich bin …«

»Jo, wie geht's dir?«

Ähm, es geht mir gut?, hätte ich beinahe geantwortet.

Was als Nächstes passierte, war die erste (und bisher einzige) Berührung zwischen Ben und mir. Als er nämlich die Hand hob, um Richie aus der Zwölften – das war übrigens der, dem er in Wahrheit zugenickt hat – ein High five zu geben, klatschte er mir schmerzhaft gegen mein Ohr.

»Ups, sorry.«

Er hat mit mir gesprochen, er hat tatsächlich mit mir gesprochen!, dachte ich im ersten Moment.

Ich stand dann wohl kurz etwas benebelt vor ihm, bis meine Freundinnen mich packten und wegführten. Ich bekam aber noch mit, wie einer von Bens Kumpels fragte: »Was wollte denn die?«, und hörte Ben antworten: »Keine Ahnung.«

Diese Geschichte erzählte ich Tante Ida natürlich nicht, aber sie konnte sich wohl ausmalen, dass mit meinem schnuckeligen Freund aus meiner schnuckeligen Heimatstadt nicht viel lief.

»Aber wenn du merkst, dass Louis dich dauernd ansieht und deine Nähe sucht, wie zur Hölle kommst du dann auf die idiotische Idee, dass er dich nicht mag?«

»Na ja, gestern hast du doch Lukas geschickt, weil ich mich ...« Ich räusperte mich. »Weil ich mich doch verlaufen hatte.«

Sie nickte. »Verlaufen trifft es gut, Süße. Aber mach dir nichts draus, verlaufen kann sich jeder mal und ich nehme an, du hattest deine Gründe dafür wegzurennen. Trotzdem muss ich auf dich aufpassen, das ist dir doch klar, oder?«

Ich verzog das Gesicht. Hoffentlich kam jetzt keine Standpauke, dass ich noch minderjährig sei und was ich mir denn dabei gedacht hätte, einfach so abzuhauen, noch dazu in ihrem Plutokostüm und während der Arbeitszeit.

Doch stattdessen fragte Ida: »Und was war nun mit Lukas?«

»Ja, also, er hat mir gesagt, dass Louis noch so an Katya hängt und dass er sie um alles in der Welt zurückhaben möchte.«

Einen Moment lang herrschte Stille im Auto, dann schlug Tante Ida so heftig aufs Lenkrad, dass ich zusammenzuckte.

»Weißt du, was mir echt auf die Nerven geht?«, fragte sie. »Dass Männer immer ihre dämlichen Spielchen spielen müssen und dass die Frauen sie immer damit durchkommen lassen. Das ist doch echt zum Kotzen! Sogar so nette Ausgaben wie Louis sind nicht anders als andere Männer!«

Sie schüttelte den Kopf und starrte finster vor sich hin, bis wir den Disneytownparkplatz erreichten. Mit quietschenden Reifen brachte sie das Auto zum Stehen und wandte sich dann mit einem Ruck zu mir um. »Aber weißt du was, Ali?«, begann sie und ich meinte, ein Flackern in ihren Augen zu sehen. »Wir lassen uns das nicht gefallen. *Wir nicht!*«

»Okay.« Ich nickte, und zwar ziemlich lange und vehement, auch wenn ich natürlich überhaupt keine Ahnung hatte, wie sie sich das vorstellte.

Als wir aus dem Auto stiegen, wusste ich dann schon etwas mehr. Tante Ida hatte tatsächlich einen Plan.

Sie zwinkerte mir zu, nachdem sie mich eingeweiht hatte. »Komm schon, Ali, ran an die Arbeit.«

Und während ich nervös grinsend neben ihr herging und die strahlende Augustsonne mein Gesicht kitzelte, kam mir plötzlich der Gedanke, dass dieser Sommer vielleicht wirklich Einfluss auf mein weiteres Leben haben könnte. Und dabei dachte ich gar nicht an Jungs, sondern eher daran, dass Tante Ida eine ziemlich abgefahrene, coole Frau war, von der ich einiges lernen konnte.

Plötzlich wünschte ich mir so sehr, wie sie zu sein. Hatte sie eigentlich jemals Angst? Zwar hatte sie durch ihre komische Reaktion auf meine Frage nach dem Streit mit Katyas Vater gezeigt, dass es anscheinend Sachen gab, die selbst ihr unangenehm waren, aber sonderlich viele waren das bestimmt nicht.

Egal. Muss jetzt noch kurz schildern, wie der Tag war und was aus Idas Idee wurde, mehr über Louis' Gefühle herauszufinden.

Sie hatte mir im Auto gesagt, dass sie uns nun drei Tage hintereinander zusammen in die Geisterbahn stecken würde und währenddessen Lukas oder seine Zwillingsschwester Lena mit der Aufsicht über die Wurfbude betreuen würde.

Auch wenn die beiden zur Konkurrenz gehörten, viel tun konnten sie beim Torpedo ohnehin nicht, denn die Verantwortung fürs Fixieren der »Passagiere« musste dort ein Erwachsener übernehmen. Deshalb halfen sie Tante Ida gegen gutes Entgelt öfter mal aus.

Tante Ida erklärte Louis, dass ich ihm heute bei der Arbeit ein wenig über die Schulter gucken sollte (während er die schreckliche Tintenfischmaske trug), um von ihm quasi das Leuteerschrecken zu lernen.

»Und morgen wird sie dann übernehmen, während du noch bei ihr bleibst und sie unterstützt.«

Plötzlich wäre mir beinahe ein Lachen entschlüpft, weil ich merkte, wie prüfend Tante Ida ihn ansah. Sie wollte mir mit ihrem Plan nicht nur die Chance geben herauszufinden, wie Louis in Wahrheit zu mir steht, sondern wollte auch selbst sein Verhalten mir gegenüber genau unter die Lupe nehmen.

Bin ja mal gespannt, wie das wird. Die Versuche meiner Freundinnen, mich zu verkuppeln, waren ein einziges Desaster. Na ja, eigentlich insgesamt drei Desaster.

Aber dass mir nun sogar schon meine Großtante helfen will bei der Männerjagd? Das ist noch peinlicher als alle Fettnäpfchen, in denen ich bisher gelandet bin, zusammengenommen.

Sonntag, 13. August

Status: Verwirrt!

20:30 Uhr. Heute bin ich zum ersten Mal seit der Geschichte mit Cousin Klein-Julian wieder mit einer Märchenbahn gefahren. Und natürlich ist gleich wieder was passiert. Wenn auch nicht das, was ich eigentlich befürchtet hatte.

Als Louis mich in der Mittagspause fragte, ob ich Lust hätte, einen kleinen Streifzug durch Disneytown zu machen und mit irgendwelchen Sachen zu fahren, anstatt immer nur danebenzustehen, fand ich das total süß von ihm.

Natürlich hatte ich aber auch Panik, dass ich wieder kotzen müsste.

Das konnte ich Louis aber nicht sagen – will ja nicht als Weichei dastehen. Also sagte ich Ja, und dass ich gerne mal die Märchenbahn ausprobieren würde – um zu gucken, ob die was für meinen kleinen Cousin ist.

Ich hatte zwar echt Angst, dass ich allein schon beim Anblick der sieben Zwerge in irgendein Edelsteintöpfchen würde kotzen müssen, aber etwas Wilderes als die Märchenbahn kam für mich nicht infrage. Und außerdem war ich ziemlich sicher, dass Louis mir nicht so aufgeregt in den Bauch boxen würde wie Klein-Julian damals ... Konnte also fast nichts mehr schiefgehen ... na, denkste!

Ich war einigermaßen erleichtert, als klar wurde, dass die Märchenbahn in Disneytown den Namen »Arabian Nights« nicht umsonst trägt – keine sieben Zwerge weit und breit, nur Aladdin, Prinzessin Jasmin, Geist Dschinni, Tiger Rajah und der böse Dschafar.

Etwas verwirrt war ich allerdings, dass Louis mit mir Zeit verbringen wollte. Bis mir einfiel, dass natürlich Tante Ida dahinterstecken musste! Oh, diese gewiefte Kupplerin! Ich hoffe nur, sie hat ihm kein Geld dafür anbieten müssen, damit er etwas mit mir unternimmt. Das wäre echt demütigend.

Vor der Märchenbahn machten wir noch einen Abstecher zu Trixie, weil Louis Hunger hatte (und ich ehrlich gesagt auch ...). Ich sah ihm an, dass er überrascht war, dass ich sowohl Trixie als auch Gustav bereits kannte, der sich gerade ein Langos genehmigte, als wir beim Stand ankamen.

»Oh, lecker, so einen nehme ich auch«, sagte ich sofort – und bereute es natürlich gleich. Jungs wie Louis – mit (Ex-)Freundinnen wie Katya – standen sicher nur auf Salatmädels.

Doch als wir – er mit einem Goofy-Riesen-Hotdog und ich mit meinem Langos – nebeneinander vor der Bude standen und genüsslich kauten, meinte er grinsend: »Ja, dieser Langos ist megagut, ich hab mich letzten Sommer richtig überfressen dran.« Kaum hatte er das letzte Wort ausgesprochen, hielt er sich die Hand vor den Mund. »Sorry, ich wollte dir nicht den Appetit daran verderben. Ich wollte nur sagen, dass die echt super schmecken.«

Ich nickte und nahm einen weiteren herzhaften Bissen. Ha, glaubte er echt, man könnte mir mit irgendeinem Spruch die Lust auf dieses geile Ding nehmen?

Trotzdem süß von ihm. Vielleicht steht er also doch nicht auf Salatmädels ... aber egal, was interessiert mich das überhaupt? Nur weil Tante Ida uns verkuppeln will?

Es ist trotzdem süß, hihi ... Gott, jetzt kichere ich sogar schon in meinem Tagebuch rum ... und das nicht mal wegen Ben ... Schluss jetzt!

Als ich zu Trixie und Gustav schaute, bemerkte ich ihre wohlwollenden Blicke. Mensch, diese verflixte Tante Ida! Hatte sie etwa alle darüber informiert, dass sie Louis und mich miteinander verkuppeln wollte?!

Ich warf den beiden einen Blick aus zusammengekniffenen Augen zu, um ihnen zu signalisieren, dass ich ganz genau wusste, was in ihnen vorging.

Die beiden grinsten aber nur weiter in unsere Richtung, weshalb ich mich augenrollend wieder zu Louis umwandte.

Irgendwie ist es ja auch total nett, dass sie uns verkuppeln wollen. Es gibt definitiv Schlimmeres, als mit jemandem wie Louis zusammenzukommen.

Wenn ich da an die Verkupplungsversuche meiner Mädels denke, puh …

Die dachten ernsthaft, sie täten mir einen Gefallen, wenn sie mich mit Jean-Pierre, dem französischen Diplomatensöhnchen aus der Parallelklasse, zusammenbrächten – nicht, dass ich etwas gegen Franzosen oder Diplomaten hätte, aber Jean-Pierre ist der wohl aufgeblasenste Typ, den es auf der Welt gibt. Und außerdem dauernd in Karopullunder und grauen Stoffhosen unterwegs.

Dann dachten Marie-Jolie und Caro letzten Sommer, sie müssten mich unbedingt mit dem neuen Bademeisterlehrling im Freibad verkuppeln. Also, nichts gegen Pickel (hatte selbst schon genug), aber wenn ein Typ meint, andauernd auf den Boden spucken zu müssen – so toll von der Seite, wie er das wahrscheinlich von den Fußballern kennt –, dann ist das nicht unbedingt anziehend. Und wenn er dann auch noch den Spruch ablässt: »Wenn du ein paar Kilo abspecken würdest, würdest du gar nicht so schlecht aussehen«, dann vergeht einem schon alles, oder?

Aber den Vogel hat natürlich wie immer Marie abgeschossen, meine liebste Freundin Marie, die mich letzten Winter zu einem Doppeldate überredet hat: sie und ihr damaliger Schwarm Henry (der ein Jahr über uns ist) und ich mit dem bis dahin noch unbekannten Bruder Henrys – Richie, der zwei Jahre unter uns ist.

Zu dem Zeitpunkt war ich 15 und Richie heiße 13. Danke, Marie! »Ich dachte, er ist 14, ich schwöre es, Ali!«, hat sie nachher behauptet.

Tatsächlich glaube ich ihr, aber eine Zumutung war es trotzdem. Richie war grad voll im Stimmbruch! Und das einzige Gesprächsthema, das ihn interessierte, war Pokémon GO und irgendwelche Marvel-Helden.

Wie gut, dass Louis ganz anders ist, nicht nur, was seinen Geschmack für Klamotten und seine geistige Reife anbelangt. Er ist so aufmerksam und süß und ... Lass das, Ali!

Okay, zurück zu heute Mittag.

»Na, ihr zwei, was stellt ihr heute noch so an?«, fragte Gustav.

»Nichts!«, sagte ich sofort.

»Nichts!«, beeilte auch Louis, sich zu versichern.

Wobei ich mich schon frage, warum sein Gesicht während der Beteuerung rot anlief ...

Gustav und Trixie merkten das natürlich auch und grinsten beide grinsten gleich noch breiter.

Louis schluckte hörbar den Rest seines riesigen Hotdogs hinunter und sagte dann: »Wollen wir weitergehen, Ali?«

»Ich dachte, ihr hättet nichts mehr vor«, meinte Trixie und kicherte dabei.

»Wir machen nur eine kleine Fahrt mit der Märchenbahn«, erwiderte ich und fügte schnell hinzu: »Wegen meines Neffen. Ich will nur mal gucken, ob das was für ihn ist.«

Gustav hob lachend den Zeigefinger. »Aber nicht wieder mittendrin rausspringen, Fräulein.« Er zwinkerte mir zu.

»Ich versuche es. Das kommt aber ganz darauf an, wie gruselig es wird. Aber nachdem ich den Typ hier ...«, ich zeigte auf Louis, »... diesmal an meiner Seite habe, kann *er* mich zumindest nicht mehr erschrecken.« Ich warf Gustav und Trixie eine Kusshand zu und marschierte mit Louis los.

»Sorry«, sagte ich, als ich merkte, dass er schon wieder rot im Gesicht war. »War nicht ernst gemeint. Aber den beiden muss man ein bisschen Konter geben.«

»Schon gut«, murmelte er nur.

Das kaufte ich ihm zwar nicht ab, aber bevor mich meine große Klappe wieder in irgendwelche Schwierigkeiten bringen konnte, sagte ich lieber nichts mehr.

Den Rest des Weges legten wir also schweigend zurück. Vorbei an Eis essenden Familien, Zuckerwatte naschenden Pärchen und circa tausend Disneyluftballons – ganz viele davon in Herzform. Keine Ahnung, warum mir auf einmal vor allem diese ins Auge stachen.

In der Arabian-Nights-Bahn mussten Louis und ich ziemlich eng nebeneinander sitzen. War wohl doch eher für jüngere Fahrgäste gemacht. Er hatte seinen Ellenbogen auf der Rückenlehne aufgestützt, sodass ich mir vorstellen konnte, in seinen Armen zu liegen. Ein Gedanke, den ich mir natürlich schnell wieder aus dem Kopf schlug.

Zur Musik vom Aladdin-Song »A whole new world« schwebten wir auf einer Art Zauberteppich (mit bequemer Rückenlehne) an Motiven aus dem Film vorbei. Zum Glück langsam und ohne ruckartige Kurven.

Bis es auf einmal doch einen Ruck gab.

»Oh Gott!«, kreischte ich peinlicherweise sofort los.

Unser Teppich war stehen geblieben. Und dort, wo wir gerade noch die Schienen vor uns gesehen hatten, war auf einmal nur noch Schwärze.

Vor und hinter uns wurden Stimmen laut – ganz offensichtlich war ich nicht die Einzige, die von dem plötzlichen Halt und der Finsternis irritiert war.

Leider beruhigte mich das kein bisschen und ich verlor völlig die Fassung, als plötzlich auch noch etwas auf meinen Arm drückte. Ich schrie laut auf. Und irgendein Kind schrie gleich mit. Anscheinend hatte ich es in Angst und Schrecken versetzt.

»Ali ...«

»Louis, da war was auf meinem Arm!«

»Das war doch nur ich.«

»Was?« Ich blickte in seine Richtung, konnte ihn aber trotz der Nähe nicht sehen.

»Ja. Da ist meine Hand. Spürst du sie?«

»Bist das wirklich du?«, fragte ich zaghaft.

»Ja! Mensch, Ali ...«

Bildete ich mir das nur ein oder lachte er wirklich?

Ich spürte seine Finger an meinem Ellbogen und fasste mit meiner Hand nach seiner.

»Bist das wirklich du?«, fragte ich noch einmal.

»Ja, Ali.«

Ich kicherte nervös. »Ich habe keine Angst, falls du das jetzt denkst ... okay, für eine Millisekunde hatte ich vielleicht wirklich Angst, hihi.«

Ich fürchte, ich hab wirklich »hihi« gesagt. Super sexy, oder? Oh Mann ...

»Es passiert schon nichts. Das ist nur ein Stromausfall. Es geht sicher gleich weiter.«

»Du hast wieder diese beruhigende Pilotenstimme«, plapperte ich – und zwar überhaupt nicht ruhig.

Mann, was bin ich nur für ein Angsthase! Aber in dem Moment rechnete ich echt mit allem. Vielleicht legt Disneytown es ja darauf an, kleine Kinder zu schocken. Vielleicht war das alles geplant. Und jetzt würde gleich Dschafar auf mich zustürzen und dann ... oh Gott!

»Oh Gott!«, entfuhr es mir – ziemlich laut. Das Kind vor uns fing wieder an zu weinen. Na toll.

Jetzt lachte Louis wirklich. »Sorry, Ali. Aber du bist echt ...«

Echt was?! Das letzte Wort war durch das Kindergeschrei nicht zu verstehen gewesen. Ich bilde mir zwar ein, dass er »echt süß« gesagt hatte, aber es kann genauso gut sein, dass er »echt doof« gesagt hatte.

In dem Moment wurde mir bewusst, dass wir uns immer noch an den Händen hielten. Ich hatte noch nie die Hand eines Jungen gehalten, den ich attraktiv fand. Moment, seit wann finde ich Louis eigentlich attraktiv?! Na ja, als sich plötzlich auch noch unsere

Finger ineinander verschränkten, konnte ich kurzzeitig nicht mehr denken.

»Ich erzähl dir eine kleine Geschichte«, sagte Louis plötzlich.

Na toll, jetzt kommt sicher die totale Gruselstory. Na ja, solange er dabei wenigstens meine Hand hält, dachte ich.

»Ich war sechs Jahre alt«, begann er. »Und saß mit meiner Mutter im Flieger von Barcelona nach München.«

Okaaay ... das hörte sich zumindest nicht danach an, als würde gleich Freddy Kruger oder die tintenfischige Ursula aus Arielle auftauchen.

»Ja?«, hauchte ich und bildete mir plötzlich ein, den Puls an seinen Fingern zu spüren. Oder war das mein eigener und er spürte ihn?

»Es gab Turbulenzen«, fuhr er fort, während ich immer noch auf das Pulsieren an unseren Fingern konzentriert war.

»Oje«, erwiderte ich leicht geistesabwesend und rückte noch näher an ihn heran – selbstverständlich nur, um ihn besser verstehen zu können.

»Der Pilot machte eine Durchsage, dass wir uns alle anschnallen sollen. Als meine Mutter meinen Gurt kontrollierte, fielen plötzlich die Sauerstoffmasken von der Decke.«

Ich drückte seine Hand. »Im Ernst?«

Ich spürte, wie er den Druck erwiderte. »Ja«, antwortete er. »Es ist nichts Schlimmes passiert, aber die

Leute haben total geschrien, als die Sauerstoffmasken plötzlich runterkamen. Meine Mutter auch. Sie hat sofort versucht, mir eins der Dinger überzuziehen, aber in dem Moment hat der Pilot sich gemeldet und durchgesagt: ›Liebe Passagiere, bei uns im Cockpit haben sich soeben übereifrige Sauerstoffmasken zur Arbeit gemeldet. Falls das bei Ihnen im Kabinenraum ebenso sein sollte, bitte ignorieren Sie die übereifrigen Helfer, denn derzeit besteht absolut kein Grund für ihre Unterstützung.‹«

»Und war das auch wirklich so?«, fragte ich.

»Ja. Es war ja alles in Ordnung. Aber weißt du, ich hatte das Gefühl, ich war der Einzige – die Crew ausgenommen –, der nicht geschrien hat, als die Masken runtersausten. Und ich war so stolz.« Er lachte.

»Und da hast du beschlossen, selbst Pilot werden zu wollen?«

»Yep.«

Oh Gott, er ist echt süß, dachte ich plötzlich.

»Danke für die Geschichte«, sagte ich. »Du hast es wirklich geschafft, mich abzulenken.«

»Das war der Plan.« Ich hörte das Lächeln in seiner Stimme.

Nach seiner Geschichte schwieg er und mir wurde auf einmal bewusst, wie nah wir uns waren und dass unsere Finger immer noch miteinander verschränkt waren.

Plötzlich bekam ich fast Angst. *Was, wenn er mich jetzt küsst? Oh Gott, und was, wenn ich* ihn *küsse?*

Aber das würde ich doch nicht tun, oder?

ODER?

»Ali«, flüsterte er.

»Ja ...?« Ich wandte ihm den Kopf zu, während ich noch panisch überlegte, ob ich von ihm geküsst werden wollte – da ging das Licht wieder an.

Wir hatten einander die Gesichter zugewandt und sahen uns in die Augen ... dann ließen wir abrupt die Hand des jeweils anderen los.

Wenig später ging die Fahrt weiter und wir saßen stocksteif nebeneinander und sagten gar nichts mehr. Doch seine Hand lag zwischen uns und berührte ganz sanft – und wahrscheinlich nur zufällig – immer wieder mein Bein.

Warum nur reagierte mein Körper so auf ihn und wieso war jede dieser Berührungen wie ein Stromstoß? (Ein sehr angenehmer Stromstoß, nicht so wie damals, als ich mit zehn Jahren an den Kuhzaun gegriffen habe.)

Als Tante Ida mich auf der Heimfahrt fragte, wie meine Mittagspause war, hielt ich mich bedeckt. Ich wollte gar nicht hören, dass sie Louis dazu genötigt hatte, mich ein wenig in Disneytown herumzuführen.

Und vor allem wollte ich nichts von den Stromstößen erzählen. Die verwirren mich ja selbst völlig.

Selbst jetzt, wenn ich nur an seine Berührungen denke, kribbelt es immer noch in meinem Körper und ich bin so glücklich, als hätte Gustav mir einen Jahresvorrat Karamellbonbons geschenkt.

Kann es wirklich sein, dass ich mich gerade in einen Jungen verliebe, der nicht Ben ist?

Ach Ben, wenn ich dich doch endlich wiedersehen könnte ... und Louis, wenn ich bloß wüsste, ob du auch diese seltsamen Stromstöße verspürt hast ...

Montag, 14. August

Status: KREISCH!

22:50 Uhr. Hihihihi. Ich glaube, ich bekomme einen hysterischen Lachanfall. So eine Scheiße.
Selbst knapp 300 Kilometer weit weg von zu Hause, bleibt doch eines immer gleich: dass ich es vermassele. Immer.

Langsam frage ich mich, ob so etwas in den Genen steckt. Das kann doch nicht alles nur Schicksal sein, oder?

Mittlerweile komme ich mir wie ein riesiger Magnet vor, der sämtliche Fettnäpfchen an sich zieht. Oder sind es eher die Fettnäpfchen, die eine anziehende Wirkung auf mich haben? Boing, boing, boing, ich bounce von einem Fettnäpfchen ins nächste. Vielleicht sollte ich mal einen Physiker fragen, ob man diese Magnetwirkung irgendwie ausschalten kann.

Diesmal hab ich es so gründlich vermasselt, dass ich eigentlich einen Orden dafür verdient hätte. Statt Ordensfrau im Kloster Trägerin eines Fettnäpfchenordens geworden, halleluja.

Natürlich wäre mein Fettnäpfchenorden aus Karamell, damit mir gleich die nächste Peinlichkeit unterläuft, wenn ich ihn aus Gier einfach aufesse und mir kotzübel davon wird. Denn Süßem kann die gierige Ali ja nicht widerstehen, wie ich heute wieder einmal bewiesen habe.

Angefangen hat der heutige Arbeitstag eigentlich gar nicht so schlecht. Louis erwähnte zwar mit keinem Wort unseren gestrigen »Flug« mit dem Zauberteppich, aber ansonsten war er so aufmerksam und redselig wie sonst.

Zwar war Katya immer wieder mal in der Nähe (sie stand in jeder Pause, die Louis und ich machten, *zufällig* draußen und gesellte sich dann auch sofort zu uns). Allerdings hatte ich dabei den Eindruck, dass er nicht mehr auf sie steht, aber sie noch auf ihn. Hmm ...

Lena, Lukas' Zwillingsschwester, stieß in einer Pause ebenfalls zu uns dazu. Sie ist ganz anders, als ich gedacht hatte. Nachdem Lukas irgendwie der Prototyp vom netten Jungen von nebenan ist – finde ich zumindest – und dann ja auch noch dieses engelhafte Äußere hat, habe ich mir Lena als richtigen Botticelli-Engel vorgestellt und irgendwie ganz sanft und lieb.

In Wirklichkeit läuft sie mit circa 65 wild auseinanderstehenden Zöpfchen auf dem Kopf herum, allerdings ohne rosa Schleifchen, eher von der Marke: Haarbänder brauche ich keine, weil meine Haare verfilzt genug sind, um in Form zu bleiben. Und sie flucht wie ein Bierkutscher, um es in den Worten meiner Mutter zu sagen. Fast jeder ihrer Sätze beginnt mit

»Fuck«. So auch ihre Begrüßung: »Fuck, du bist also Ali, freut mich voll, dich kennenzulernen!«

Jedenfalls ist sie, wie Lukas, wahnsinnig nett – und mir tausendmal lieber als Miss Disneytown. Und nein, ich bin nicht wegen Louis eifersüchtig auf Katya. Vielleicht bin ich auf ihre tollen Haare, auf ihren wunderschönen Teint und überhaupt auf alles an ihr neidisch, aber sicher nicht darauf, dass Louis sie immer noch mag.

Louis interessiert mich nur insofern, dass ich endlich wissen möchte, warum zum Teufel er mich immer ansieht und so unglaublich nett zu mir ist.

Mein Herz, dieser miese Verräter, scheint das allerdings anders zu sehen.

Denn als Louis mir half, das erste Mal die Piratenmaske aufzusetzen, stand er ganz dicht hinter mir, seine Finger berührten meine Wangen und in meinem Nacken spürte ich seinen warmen Atem. Plötzlich hat mein ganzer Körper gekribbelt und mein Herz hat so heftig gepocht, dass es mir in den Ohren dröhnte.

Als ich das Ding dann aufhatte, stellte er sich vor mich und zog es zurecht. Wieder ging dieser Duft nach Wiese und Zitronen von ihm aus. Ich sah ihn durch die Sehschlitze an, betrachtete seinen konzentrierten Gesichtsausdruck ... und hatte mir plötzlich vorstellen können, ihn zu küssen.

Wuah, zum Glück hab ich keinen Versuch unternommen, es wirklich zu tun. Hatte ja die Maske auf.

Sobald die ersten Leute in den Wagen vorbeifuhren,

hatte ich aber keine Zeit mehr, über Louis nachzudenken. Der Erschreckerjob ist eine anstrengende Sache – man ist ständig im Einsatz. Tja, und dann passierte es …

Ich stand allein hinter der vorletzten Tür, die die Waggons passierten – eben genau dort, wo als Höhepunkt der Gruselfahrt der Schrecken in Gestalt von mir und dem ehrwürdigen Davy-Jones-Kopf auf die Besucher wartete. Louis war uns was zum Trinken holen gegangen. Mittlerweile gelang es mir schon richtig gut, die Leute zum Kreischen zu bringen, und ich war verdammt stolz darauf.

Tja … in meinem ganzen Leben hätte ich mir nicht vorstellen können, wen ich am allerlautesten zum Kreischen bringen würde.

Ich wartete also auf den nächsten Waggon. Als die Tür sich langsam öffnete, duckte ich mich, um dann im richtigen Moment hervorzuschießen.

Doch diesmal war alles anders. Der Insasse dieses Waggons ließ mir selbst das Blut in den Adern gefrieren. Es war schrecklich. In dem Moment, in dem ich aus meiner geduckten Haltung in die Höhe fuhr und zum vorbeifahrenden Wagen sprang, erkannte ich, wer darin saß. Und das war so überraschend und schockierend, dass mir vor lauter Entgeisterung sein Name entfuhr.

»BEN!«

Ich hätte nicht gedacht, dass ein selbstbewusster, cooler, circa 1,90

Meter großer Kerl wie Ben sich so erschrecken konnte. Aber später dämmerte es mir – wenn man in so einer Geisterbahn fährt (auch wenn es, wie in Bens Fall, natürlich nur als Begleitung für die kleine Schwester geschehen ist) und es springt einen von der Seite ein Piraten-Tintenfisch-Monster an, kann es natürlich passieren, dass man zusammenzuckt. (Es zucken auch immer alle Väter zusammen.)

Doch wenn jenes Monster dann plötzlich auch noch in trompetenhafter Lautstärke deinen Namen schreit, dann kann sogar dem allercoolsten der Coolen ein entsetzter Schrei entfahren.

Oh Gott, als mir klar wurde, dass ich Ben – *Ben, meinen Ben* – gerade bei seinem Namen genannt hatte, er also nach dem ersten Schock begreifen würde, dass hinter der Maske jemand steckte, der ihn kennt, hatte ich plötzlich das Gefühl, unter der Maske zu ersticken.

Und dann wusste ich für ein paar Minuten gar nichts mehr.

Das Nächste, das ich wieder bewusst wahrnahm, war Louis' Gesicht über mir und Sirenen von einem herannahendem Krankenwagen.

Hatten wir das nicht schon mal?, dachte ich in dem Moment.

Nur dass diesmal die Ambulanz wegen mir ankam (wobei ich sie da noch gar nicht brauchte, sondern erst eine Stunde später und die Rettungssanitäter ein zweites Mal wegen mir anrücken mussten).

Als ich meinen verwirrten Blick für einen Moment von Louis' Gesicht abwandte, sah ich tatsächlich Ben ein paar Meter entfernt stehen.

Jetzt ja nicht noch mal loskreischen, Ali, ermahnte ich mich und konnte mich tatsächlich daran halten. Wahrscheinlich aber nur deswegen, weil ich total benebelt von der kurzen Ohnmacht war.

23:30 Uhr. Die Krankenschwester war gerade da und hat mir gesagt, ich solle jetzt mit dem Schreiben aufhören und schlafen. Sie meinte, mit einer Gehirnerschütterung brauche man Schlaf. Ich werde machen, was sie sagt, damit ich morgen hoffentlich wieder zu Tante Ida darf.

Ich hätte nie gedacht, dass Ida so besorgt um mich sein könnte – und sie war so lieb zu mir, ist extra ein zweites Mal hierhergekommen, um mir mein Tagebuch und Schokolade zu bringen. Die Schokolade fasse ich allerdings nicht an, die ist ja schuld daran, dass ich überhaupt hier bin.

Die Krankenschwester war wieder da … bin jetzt brav und schlafe. Und wehe, *WEHE!,* ich träume von irgendeinem Typen! Die sind mindestens genauso schuld daran, dass ich hier bin!

Dienstag, 15. August

Status: Völlig abgehoben von dieser Welt. Wie geht noch mal dieser deutsche Song aus dem vorigen Jahrtausend? »Völlig losgelöst von der Erde schwebt das Raumschiff schwerelos …«

Bin das Raumschiff, würde zu meinem Umfang passen … vielleicht haben sie mir aber auch einfach zu starke Medikamente gegen das Kopfweh gegeben.

8:15 Uhr. Müssen in einem Krankenhaus denn wirklich alle Leute schon so früh aufstehen? Verdammt, da hatte ich endlich mit Kotzen aufgehört und konnte schlafen, da kam auch schon die Krankenschwester mit ihrem Fieberthermometer herein. Was hat denn bitte eine Gehirnerschütterung mit Fieber zu tun?

Wenn ich nur gestern auf die Süßigkeiten verzichtet hätte! Erstens hätte ich dann nicht die halbe Nacht mit Kotzen verbracht (denn ohne die hätte ich mir ja gar nicht erst den Kopf gestoßen), und außerdem hätte ich vielleicht auch noch eine Chance bei Ben gehabt. Trotz dieses Freitagabends, wegen dem ich nach Disneytown fliehen musste.

Mensch, wenigstens haben die Kopfschmerzen und die Übelkeit nachgelassen. Aber gut, jetzt mal von vorn.

Nach der erstaunlich erfolgreichen Erschreckungsaktion mit Ben – wo ich es echt geschafft hatte, diesen 1,90 Meter großen Typen wie ein kleines Mädchen kreischen zu lassen (oh nein, Ali, darauf brauchst du gar nicht stolz sein, das war eher unschön) – und nachdem Louis mich wieder mal nach draußen hatte schleppen müssen, hat sich irgendjemand bemüßigt gefühlt, einen Krankenwagen zu rufen.

Wenn wenigstens das nicht gewesen wäre! Wenn der Krankenwagen wenigstens nicht gleich *zweimal* wegen mir hätte ausrücken müssen! Nein, schon wieder zu weit gesprungen in der Erzählung. Kann es sein, dass mein Kopf wirklich beleidigt ist von gestern?

Wunderbare Vorstellung ... nicht nur unattraktiv, sondern jetzt auch noch total blöd zu sein ...

Also, ich lag da, vor der Geisterbahn, den Kopf in Louis' Schoß gebettet, während er mir sanft die Maske vom Kopf zog. In dem Moment, in dem ich aus dem Augenwinkel Ben sah, versuchte ich mit aller Kraft, meinen Kopf wieder in die Maske reinzuschieben, was bei Louis verständlicherweise zu einiger Verwirrung führte. Er wusste ja, wie sehr ich mich vor diesem Tintenfischbart fürchtete.

Ein paar Sekunden lang war ich ziemlich hin und her gerissen, auf welchen der beiden Jungs ich mehr Rücksicht nehmen sollte. Mein (Flucht-)Instinkt sagte mir ganz klar, dass Ben mich nicht sehen durfte. Was hätte es denn sonst gebracht, mehrere Hundert Kilometer zwischen uns zu bringen?

Ja, ich gab Ben eindeutig den Vorrang, doch das brachte mir gar nichts ...

Louis schien zu denken, ich erleide eine Art Krampf, weil ich meinen Kopf noch einmal in die Piratenmaske stecken wollte und vor lauter Panik, dass Ben mich erkennen würde hektisch nach Luft schnappte.

Plötzlich schrie er: »Oh Gott, hilft mir mal jemand! Sie hat einen epileptischen Anfall! Hilfe!«

Was mich ehrlich gesagt erst recht motivierte, mein Gesicht irgendwo zu verstecken, wenn es schon nicht möglich war, für den Rest meines Lebens in irgendeinem Erdloch zu versinken.

Und dann – während ich hin und her gerissen war zwischen den Möglichkeiten, Louis den Mund zuzuhalten oder mir selbst das Atmen zu verbieten, bis ich endlich starb – rief Louis plötzlich: »Komm schon, Mann, hilf mir!«

Was daraufhin folgte, war die zweite Berührung zwischen Ben und mir, denn natürlich war er der Typ, den Louis gerufen hatte. Klar, wenn jemand eine Verrückte mit Kampfgewicht unter Kontrolle bringen konnte, dann natürlich einer mit Bens Statur.

Jetzt kommen wir zum Höhepunkt dieser kleinen Szene, denn anstatt die geschwächte Schöne zu spielen, die sich erschöpft von den Armen des einen in die Arme des anderen weiterreichen ließ, riss ich mich von Louis los und stob dermaßen ungestüm in die Höhe, dass ich dem zu Hilfe eilenden Ben einen mörderischen Kinnhaken verpasste.

Ali at her best!

Fuck!

Und da dachte ich noch, dass es nicht mehr schlimmer werden könnte, aber dann bekam ich auch noch unbändigen Gusto auf irgendwas Süßes. Und anstatt mir wie jeder normale Mensch nach dieser Katastrophe einfach ein Loch zu graben, um abzutauchen, ging ich los und kaufte mir was Süßes.

Aber gut, nicht so schnell. Nachdem ich Ben also den Kinnhaken verpasst hatte, schlug ich mir die Hände vor den Mund – zum einen aus Entsetzen, zum anderen, um meine Identität vor Ben weiter zu verbergen. »Es ... oh Gott, es ... es tut mir so leid«, stammelte ich, während Ben und Louis mich beide anstarrten.

»Tut's sehr weh?«, fragte ich zaghaft.

In dem Moment kamen zwei Sanitäter angelaufen – und Tante Ida. »Louis, Ali! Was ist denn nur los? Ist jemandem etwas passiert?«

Louis, Ben und ich starrten uns an.

»Nein, es tut mir leid, Tante Ida, ich hab mir nur den Kopf gestoßen und dann ... ähm ... einen Kinnhaken ausgeteilt.«

»Warum machst du denn so etwas?« Tante Idas Gesichtsausdruck schwankte einen Moment zwischen Entsetzen und Bewunderung. Vielleicht dachte sie, dass ich nach unserem Gespräch im Auto tatsächlich beschlossen hatte, mir nichts mehr von Kerlen gefallen zu lassen.

»War keine Absicht«, nuschelte ich hinter meinen Händen hervor.

Kurz war ich versucht, Tante Ida zu erklären, dass es sich bei meinem Opfer um den schnuckeligen Typen aus meiner schnuckeligen Heimatstadt handelte und dass ebendieser der Bombenkerl neben mir war, der gerade Hilfe suchend seine siebenjährige Schwester ansah, als brauchte er dringend jemanden zum Festhalten.

Es war so schrecklich. Und im Nachhinein bereue ich es, nicht gleich mit den Rettungsleuten mitgefahren zu sein und stattdessen versucht habe, die Coole zu spielen.

Die Sanitäter waren ohnehin schon dabei, mich auf ihre mitgebrachte Trage zu hieven und mich mit ihren Fragen zu bombardieren. Zum Glück behielt ich die Antworten für mich.

»Wie heißt du?« *Keine Ahnung – Idiotin des Jahrhunderts?*

»Wie alt bist du?« *Ähm, höchstens vier.*

»Irgendwelche Krankheiten in letzter Zeit?« *Ja, die üblichen. Liebeskummer, Fettnäpfchensucht, total irre im Kopf …*

»Akute Schmerzen?« *Herzschmerz und bald wahnsinniger Kopfschmerz, weil ich bei nächster Gelegenheit meinen Kopf gegen einen Tisch knallen muss vor lauter Ärger über mich selbst!*

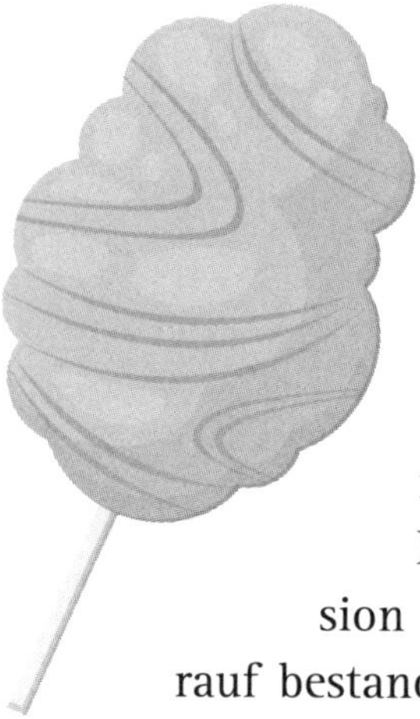

Langsam reichte es mir. Ich sprang von der Trage. »Tut mir leid, aber mir geht es gut …«

Einer der Sanitäter schüttelte den Kopf. »Das glaube ich nicht. Allein, wenn ich sehe, wie rot du im Gesicht bist.«

Ha, der hat doch keine Ahnung, dachte ich. *Das bin ich doch immer.*

Daraufhin entbrannte eine kurze Diskussion zwischen Tante Ida und mir, weil sie darauf bestand, dass ich mich im Krankenhaus durchchecken ließ. Sie ließ sich erst überzeugen, als ich ihr zuflüsterte, dass ich mich nicht wirklich gestoßen hatte, sondern nur wegen Louis und dem anderen Typen ohnmächtig geworden war. »Ich erklär dir das später in Ruhe, aber es geht mir gut, wirklich. Ich muss nicht ins Krankenhaus«, raunte ich. Sie verstand und überredete dann ihrerseits die Sanitäter, mich hierzulassen, wofür sie sogar einen Zettel unterschrieb.

Als sie endlich wegfuhren – ohne mich –, war leider auch Ben samt seiner Schwester verschwunden.

Ich war wahnsinnig enttäuscht, obwohl es wirklich besser war, wenn er nicht wusste, wer hinter der Maske steckte.

»Louis, weißt du zufällig, ob dieser Typ, dem ich den Kinnhaken verpasst habe, noch was gesagt hat?«, fragte ich trotzdem. Vielleicht war unsere Begegnung, ausgerechnet hier in Disneytown, ja ein Wink des Schicksals?

Louis sah mich irgendwie ganz komisch an. Aber das war mir in dem Moment egal, ich wollte einfach nur dem Ruf des Schicksals folgen – und Ben.

Als Louis nach einer Minute aber immer noch nichts gesagt hatte, räusperte ich mich und fragte: »Was ist denn?«

Er sah mich noch einen Moment lang stumm an, dann zuckte er mit den Schultern, drehte sich um – und ging.

»Louis?«, rief ich ihm hinterher.

Ohne sich noch einmal zu mir umzudrehen, winkte er ab und sagte nur: »Ich muss weiterarbeiten.«

Dann verschwand er – die Maske in der Hand – im Mitarbeitereingang der Geisterbahn.

»Ali«, begann Tante Ida. »Kannst du mich jetzt bitte darüber aufklären, was genau hier los war?«

Ich schüttelte hilflos den Kopf. »Ich weiß auch nicht. Mir war plötzlich so heiß unter der Maske und da bin ich ... einfach umgekippt. Und Louis hat mich nach draußen getragen.«

»So, so ...« Sie bedachte mich mit einem ziemlich rätselhaften Blick. »Pass nur auf, dass das Ganze nicht zu weit geht, Ali. Okay?«

Ich starrte sie perplex an.

»Brauchst gar nicht so zu gucken, Nichte. Ich glaube, du bist mit allen Wassern gewaschen. Täuschst eine Ohnmacht vor, um in Louis' Armen zu landen, alle Achtung!«

»Was? Aber ich ... das war doch keine Absicht!«

Sie legte den Kopf schief. »Hmm, na gut, wenn du das sagst.«

»Tante Ida!«

»Na, na, na, jetzt sei nicht so entrüstet, war doch nur ein Spaß. So, Ali, du wirst jetzt einen kleinen Spaziergang machen, dir ein bisschen den Kopf durchpusten lassen und dann werden wir dich für heute heimbringen. Deine Mutter wird mir die Hölle heißmachen, wenn sie erfährt, was passiert ist. Die muss doch denken, dass ich dir viel zu viel zumute. Wenn du schon anfängst, auf der Arbeit umzukippen, brauchst du dringend ein wenig Ruhe.«

Ich brauchte keine Ruhe, sondern eher die Unterstützung eines guten Freundes. Daher widersprach ich Tante Ida nicht und machte einen Spaziergang zu Gustav.

»Hallo Gustav«, begrüßte ich ihn seufzend, als ich an seinem Süßigkeitenstand ankam.

Anstelle einer Begrüßung angelte er nach einem großen Lebkuchenherz und drückte es mir in die Hand. »Beiß mal da rein. Du siehst aus, als hättest du das dringend nötig.«

»Danke«, sagte ich leicht verzagt und nahm einen herzhaften Bissen von dem Lebkuchenherz.

»Na, was ist denn passiert?«

Ich hatte das Gefühl, irgendjemand (das Schicksal, die Liebe, Ben?) würde genauso auf meinem Herzen herumkauen wie ich auf dem Lebkuchen. Es tat richtig weh.

»Manchmal bin ich einfach nur ein Vollidiot«, erklärte ich Gustav.

Er lachte dröhnend. »Das sind wir doch alle, mein Fräulein!«

»Wirklich?«, fragte ich hoffnungsvoll. »Ich weiß nicht. Irgendwie hab ich das Gefühl, bei mir gehen immer besonders viele Dinge schief.«

»Ach, Ali.« Er ließ einen tiefen Seufzer hören und mir fiel auf, dass er mich das erste Mal nicht Fräulein, sondern bei meinem Namen genannt hatte.

»Willst du denn darüber reden?«, fragte er dann.

Ich schüttelte unglücklich den Kopf, spürte plötzlich einen richtigen Kloß im Hals, der sich auch von einem besonders großen Stück Lebkuchen nicht verdrängen ließ.

»Dann erzähl ich dir was«, meinte er, versorgte rasch eine vierköpfige Familie mit Schokoerdbeeren und Schokobananen und wandte sich dann wieder mir zu.

»Ich hätte diese wunderbare Frau da drüben heiraten sollen«, begann er und zeigte nach links. Ich konnte nur raten, dass er damit die Richtung meinte, in der sich der Stand von Trixie befand.

»Stattdessen hab ich aber eine Frau geheiratet, die mich mit ihrem Aussehen umgehauen hat.« Er winkte ab, holte irgendwo unter dem Tresen eine Currywurst hervor, die in Trixies bedruckte Servietten gewickelt war, und biss herzhaft hinein.

»Früher war meine Frau mal Miss Nordrhein-Westfalen. Und sie sieht immer noch top aus. Aber«, er zuckte mit den Schultern, »glücklicher wäre ich mit einer Frau wie Trixie geworden.«

»Warum denn? Was ist denn mit deiner Frau?«

Er lachte, es klang aber eher bitter als fröhlich. »Die ist letztes Jahr mit ihrem Friseur durchgebrannt.«

»Oh, Gustav! Das tut mir so leid.«

»Ach.« Er winkte ab. »Das braucht dir nicht leidtun. Bin eigentlich ganz glücklich ohne sie.«

Ich hielt inne im Kauen. »Na und, was ist jetzt mit Trixie?«

»Jetzt will sie mich nicht mehr.«

»Wieso denn nicht?«

»Ich hab sie zu lange warten lassen, das hat sie mir klargemacht.«

»Ist sie denn vergeben?«

»Nee, glaub nicht. Nur einfach schon so lange alleine, da gewöhnt man sich irgendwann dran.«

Das konnte ich mir nicht vorstellen. Ich sagte nichts mehr, aber ich war fest entschlossen, Trixie danach zu fragen, sobald ich sie sah.

»Die Bude von Trixie war früher meine«, erzählte Gustav weiter.

»Wirklich?«

»Ich hatte die leckersten Würstchen in ganz Disneytown, das kannst du mir glauben.«

Ich schluckte einen weiteren Bissen hinunter. »Was ist passiert?« Trixie hatte ihm doch sicher nicht seine Bude abgeknöpft? Das konnte ich mir nicht vorstellen.

»Na ja, hab Miss Nordrhein-Westfalen kennengelernt. Damals schon Vegetarierin.«

»Oh nein!«, entfuhr es mir. Das ist doch echt die Hölle für einen Menschen wie Gustav, der so gerne Fleisch in jeder Form isst.

Er nickte und schaute richtig unglücklich drein dabei. »Und weil sie mir so gut gefallen hat, war ich bereit, alles für sie aufzugeben.«

»Oh nein«, wiederholte ich.

»Doch, leider. Zuerst bin ich zum Vegetarier geworden.« Er schüttelte den Kopf. »Das waren die schwersten Tage meines Lebens.«

Er seufzte tief. »Dann hab ich ihr zuliebe meine Bude aufgegeben. Hab sie an die wundervolle Trixie verkauft.«

»Aber warum?«, fragte ich.

Er zuckte mit den Schultern. »Tja, weil sie mich sonst nicht genommen hätte.« Er schluckte den Rest seiner Currywurst im Ganzen hinunter. »Hmmm, lecker.«

Gustavs tragische Geschichte erinnerte mich plötzlich wieder an Ben, den ich für einen Moment völlig vergessen hatte.

Was musste er nur von mir denken? Zuerst störte ich an jenem denkwürdigen Freitagabend seine wunderbare Darstellung auf der Bühne und dann legte ich hier die nächste demütigende Einlage hin. Ganz zu schweigen davon, dass seine Schwester wegen mir wahrscheinlich für immer ein Trauma bezüglich Geisterbahnen haben würde.

Auf der anderen Seite hatte diese ganze Angelegenheit schon fast etwas Schicksalhaftes. Ich meine, dass ich vor ihm geflohen war und er mich dann hier aufstöberte (wenn auch wahrscheinlich nicht gerade absichtlich), das ist doch irgendwie romantisch, oder?

Ich war so hin und her gerissen. War es nun gut, Ben ausgerechnet hier begegnet zu sein, fernab von der Schule?

»Na, Fräulein?«, fragte Gustav und riss mich aus meinen Gedanken.

»Ich …«

»Schau mal.« Er hievte eine Riesentüte Karamellbonbons auf die Theke. »Die gehen heute noch mal aufs Haus.«

»Nein, das geht doch nicht«, wehrte ich ab.

»Natürlich geht das. Wenn ein Freund einen schlechten Tag hat, sollte man den versüßen.«

Als ich ihm eine Kusshand zuwarf, beugte er sich über den Tresen und sagte: »Ali … Ich bin kein weiser Mann, aber wenn ich etwas im Leben gelernt habe, dann, dass man sich nicht von Äußerlichkeiten blenden lassen darf. Besonders nicht in der Liebe.«

Nachdenklich wanderte ich mit meiner Riesentüte Karamellbonbons weiter. Wusste Gustav von Ben? Oder hatte er mir diesen Rat ganz generell fürs Leben gegeben?

Bei meinem Spaziergang kam ich an einem Stand mit dem verheißungsvollen Namen *Daisy Ducks Schoko-*

lade vorbei und blieb davor stehen. Nach Tagen voller Karamell bekam ich plötzlich so richtig Heißhunger auf einen der Schaumbecher, die mich hinter der Glasscheibe hervor verlockend anlachten. Bei Gustav gibt es die leider nicht.

Zum Glück hatte ich in der Hosentasche ein bisschen Geld.

Ein langer, sehr dünner Mann – niemand könnte weniger Ähnlichkeit mit Daisy haben – stand in der Bude und fragte: »Na, meine Dame, was hätten wir denn gern?«

»Einen Schaumbecher, bitte.«

»Heute gibt es fünf zum Preis von vier. Na, wäre das was?«

»Ja, warum nicht.« Ich zählte das Geld in meiner Hand. »Man muss ja ökonomisch denken.«

Der Typ zwinkerte mir zu und überreichte mir eine große Papiertüte. »Natürlich.«

»Oh, wow«, freute ich mich, streckte ihm das Geld hin – und riss es ihm gleich wieder aus der Hand. Oh nein!

»Hi ...«

Ich schluckte. »Hi, Ben.«

Das durfte doch nicht wahr sein! In dem Moment, in dem ich zu der Tüte greifen wollte, kam Ben auf mich zu.

»Ich hol die später ab«, zischte ich dem Verkäufer zu und wollte mich wieder Ben zuwenden. Am liebsten hätte ich die Tüte

mit den Karamellbonbons auch noch irgendwo verschwinden lassen.

»Na, meine Dame, das war aber nicht der Deal. Du wolltest fünf Schaumbecher.«

Ich gab ihm schnell das Geld, schnappte mir die Tüte und machte einen Schritt auf Ben zu.

K – L – O – N – K

Ich brauche nur daran denken, da wird mir schon wieder schlecht, weil meine Begegnung mit der Eisenstange, an der die Riesenlollis aufgefädelt waren, so wehgetan hat. Diese leckeren Riesenlollis, die mich immer anlachen, egal ob ich sie an einer Tankstelle oder im Schwimmbad oder an dieser Scheißbude hängen gesehen habe. Die werden mich nie wieder anlächeln, das weiß ich.

Warum ich letztendlich umgekippt bin, weiß ich nicht. Ob es eine Nachwirkung des Zusammenpralls mit der Eisenstange war oder das Blut, das mir danach über die Hand gelaufen ist, weil ich mir an die Stirn gefasst habe .... Ich kann ja kein Blut sehen ...

Aber eigentlich ist es völlig egal, warum und weshalb es mich umgehauen hat, der Eisenstangenkuss hat gereicht für die Gehirnerschütterung und damit für das zweite Anrücken des Rettungswagens.

Gott, war das alles peinlich.

Soweit ich mitbekommen habe, war es sogar Ben, der den Notarzt gerufen hat. Und dann stand er die ganze Zeit da, als die Sanitäter sich um mich kümmerten. Wieso nur bin ich nicht gleich beim ersten

Mal mitgefahren? Ben muss mich mittlerweile für völlig bekloppt halten!

Ich sollte wohl endlich mal meine Eltern anrufen, aber die Kopfschmerzen sind dank einer weiteren Tablette, die mir die Schwester gegeben hat, gerade erst verflogen ...

Es klopft.

9:40 Uhr. Nein!

Hihihi. ☺

Dass Träume doch wahr werden können ...

OMG!

Huch, es klopft wieder ... oh Gott ... oh, Tante Ida.

Na ja, ist auch nett.

11:10 Uhr. Endlich komme ich wieder zum Schreiben!

Bin total aufgeregt. Weiß nicht, ob das, was gerade passiert ist, gut ist oder nicht. Doch, es ist gut, verdammt. Und alles andere wird schon noch werden.

Jetzt freue ich mich erst mal, denn heute habe ich Ben endlich wirklich kennengelernt. Also, er hat mich kennengelernt. Das ist übrigens das einzige Problem an der ganzen Sache, dass er ... okay, mal von vorn.

Wer hat also um kurz nach neun an meine Krankenhauszimmertür geklopft?

Ben!

Wer hat mir meine Tüte Schaumbecher mitgebracht?

Ben!

Wer ist fast eine halbe Stunde lang bei mir geblieben?

Ben!

OMG!!!

Okay, als er reinkam, dachte ich natürlich, ich halluziniere.

Zum Glück habe ich den Klingelknopf nicht gleich gefunden, denn das hätte peinlich werden können, wenn die Schwester gekommen wäre und ich auf Ben gezeigt und nach irgendeinem Wundermittel verlangt hätte, das meine Halluzinationen heilt. »Denn sehen Sie, Schwester, ich bilde mir sogar schon ein, dass hier vor meinem Bett die Liebe meines Lebens steht – den ich vor zwei Wochen fürchterlich blamiert habe. Oh, und gestern habe ich ihn wieder blamiert, er hat wegen mir in Gegenwart seiner kleinen Schwester wie ein kleines Mädchen gebrüllt. Danach habe ich ihm einen Kinnhaken verpasst. Und zu guter Letzt musste er noch Zeuge davon werden, wie mir das Blut in Strömen übers Gesicht lief.«

Bin also sehr froh, dass ich die Schwester nicht rufen konnte und darum auch nichts von diesen Dingen sagen konnte, die mir in dem Moment durch den Kopf gingen. Stattdessen hab ich Ben einfach nur angestarrt und zweimal hintereinander völlig fassungslos seinen Namen geflüstert. »Ben ... oh, Beeen.«

Ja, war vielleicht auch etwas peinlich, aber hihihi, er fand es anscheinend ganz süß. Mann, Mann, Mann, ich bin sooo verliebt. Mein Herz spielt völlig verrückt. Das erste Mal in meinem Leben bekomme ich eine Ahnung davon, wie es ist, wenn man *glücklich* verliebt ist.

Na gut, das ist jetzt vielleicht unfair Louis gegenüber, denn na ja, glücklich war ich auch, als er mich immer so angesehen hat ... aber verliebt bin ich nicht in ihn. Frage mich nur gerade, warum er eigentlich gar nichts von sich hat hören lassen. Wollte er nicht immer für mich da sein?

Aber was soll's. Ich habe ja jetzt endlich Ben!

Okay, er kam also rein, stand da, wir starrten uns an, und auf einmal streckte er mir die Riesentüte Schaumbecher hin.

Ich hab sicher fürchterlich gestammelt, als ich sie entgegengenommen habe, aber ich glaube, ich habe es zumindest geschafft, »Danke« zu sagen.

Ja, und dann weiteres Gestammel.

»Ähm, es tut mir so leid wegen des Kinnhakens und überhaupt allem. Oh Gott, ich weiß gar nicht mehr, was eigentlich passiert ist.« Habe an dieser Stelle ein möglichst verführerisches, um Verzeihung heischendes Lächeln probiert.

Ben zuckte mit den Schultern und lächelte verlegen. Ich wäre fast dahingeschmolzen wie der Schokoladenüberzug auf den Schaumbechern. »Ich weiß es auch nicht mehr wirklich ... aber ich dachte, du solltest deine Süßigkeiten bekommen.«

Oh Gott, in so einen Typ muss man doch einfach verliebt sein. Er ist sooooo süß. Ich könnte sterben.

Hach ... Und ich glaube, ich müsste sterben, wenn er mir sagen würde, dass er mich nie wiedersehen will, wenn er die Wahrheit erfährt.

Aber weiter im Text.

Ich: »Danke! Das ist ja total lieb. Aber die hab ich natürlich nicht für mich gekauft. Das wäre ja sonst auch ein bisschen sehr viel, oder? Nein, also das war oder ist ein Geschenk für meine Arbeitskollegen.«

An dieser Stelle hab ich dann gemerkt, dass er einen kurzen Blick auf die Riesentüte warf und auf die Krümel, die meine Decke verzierten, weil ich mir vor lauter Aufregung anscheinend schon einen Schaumbecher in den Mund geschoben hatte. Das war peinlich, ich geb's zu.

»Oh, willst du?«, versuchte ich, die Situation irgendwie zu retten, und setzte erneut ein verführerisches Lächeln auf.

»Nein, danke. Das ist doch für deine Kollegen ... und für dich«, erwiderte Ben.

Ich (kauend und schnell schluckend): »Für mich? Aber nein, ich mach mir doch gar nichts aus so was.«

Sehr überzeugend war ich vermutlich nicht, da ich bereits den nächsten Schaumbecher in der Hand hielt, als ich das sagte. Aber jetzt zum komplizierten Teil an der ganzen Situation – als mir nämlich einfiel, dass ich ja ich bin und Ben ja Ben. Und ich diejenige war, die seinen Theaterauftritt ruiniert hatte, dass es eigentlich ein Wunder war, dass er überhaupt noch mit mir redete.

Ich also: »Ach ja, Ben ... ich weiß gar nicht, was ich sagen soll. Wegen des, du weißt schon ... es tut mir so leid, ich weiß gar nicht, wie das passieren konnte ...«

Darauf Ben: »Sag mal, eines würde mich ja brennend interessieren ... wir kennen uns aus der Schule, oder?«

Da hatte ich fünf selige Minuten lang echt geglaubt, dass ich nach den Ferien in die Schule gehen könnte, ohne mich vor der Begegnung mit Ben zu fürchten und vor allem, dass ich anscheinend echt Chancen hatte, irgendwann mal Mrs Ben zu werden, und dann das!

Er weiß immer noch nicht, wer ich bin! Dabei könnte ich damit noch irgendwie leben (hatte bisher ja auch damit gelebt), aber was wird passieren, wenn die Schule im Herbst wieder losgeht und dann natürlich der Abend der Theateraufführung immer noch Thema Nummer eins ist? Erst recht, wenn ich mit Ben zusammenkommen sollte.

Soll ich dann sagen »Ja, ich bin's, Ali, dein Sommerflirt (vielleicht sogar schon seine Freundin!) und jaa ... du wirst es ja ohnehin erfahren ... ich bin diejenige, die deinen einmaligen Mercutio-Auftritt auf der Bühne zunichtegemacht hat, weil meine Freundin vergessen hatte, ihr Mikrofon abzustellen, und ich meine Klappe nicht hatte halten können«?

Das ist eine schreckliche Vorstellung und so weit darf es gar nicht erst kommen.

Mir spukten mehrere Möglichkeiten durch den Kopf, um das zu verhindern.

Die erste wäre, meine Eltern zum Umzug zu überreden. Wenn ich in eine andere Stadt ziehen würde, konnte ich Bens Freundin werden und auch bleiben.

Nachteil: Die Wahrscheinlichkeit, meine Eltern dazu zu überreden ist eher gering, außerdem will ich meine Freundinnen nicht verlieren. Und eine Fernbeziehung? Hm, auch nicht das, was mir für unsere gemeinsame Zukunft vorschwebte. Wobei ... Mit Ben kann ich mir eigentlich alles vorstellen!

Die zweite Möglichkeit wäre, Bens Eltern zum Umzug zu überreden. Die Wahrscheinlichkeit dafür ist wahrscheinlich sogar noch geringer.

Die dritte Möglichkeit wäre nach wie vor das Kloster, wobei mir dabei gleich wilde Fantasien von einem Gärtner namens Ben und Rosenbüschen durch den Kopf gehen ... hmm ...

Während mein Hirn rotierte, merkte ich, dass er mich immer noch ansah und ich ihm noch eine Antwort schuldig war. Also sagte ich schnell: »Ja.«

»Ja?« Er lächelte. »Ja, was?«

»Ja, wir kennen uns aus der Schule.« Plötzlich überkam mich so etwas wie Trotz und gleichzeitig Übermut. »Auch wenn ich glaube, dass du mich dort nie bemerkt hast.«

»Doch, das hab ich«, behauptete er und wurde ein bisschen rot.

Oh Gott, was kommt denn jetzt?, dachte ich. Offenbarte er mir nun doch noch, dass er sehr wohl wusste, dass ich diejenige war, die seinen Auftritt zerstört und ihn zum Gespött der Schule gemacht hatte?

Aber er sagte: »Ja, du hast mich doch mal in der Cafeteria angesprochen, oder?«

Oh, Hillary. Jetzt wurde *ich* rot. Doch ich hielt seinem Blick stand. »Hab ich, ja. Aber du hast mich damals doch gar nicht bemerkt, oder?«

»Doch, ich ... na ja, um ehrlich zu sein, erst als du schon wieder halb weg warst. Ich war auf meinen Kumpel konzentriert, aber nachher hab ich mich schon gefragt, was du mir eigentlich sagen wolltest ...« Er grinste verschmitzt.

»Oh, ich ...« Ich unterbrach mich und versuchte, ein lässiges Lachen vom Stapel zu lassen – was sicher ein wenig danebenging. Gott sei Dank hakte er nicht nach, was ich ihm damals hatte sagen wollen.

Wir sahen uns an. Ich hätte so gerne gewusst, was genau er damals von mir gedacht hatte, und am liebsten hätte ich ihn gefragt, warum er mich damals nicht aufgehalten hatte ... doch da klingelte sein Handy.

»Oh, sorry«, sagte er und zog es aus seiner Jeanstasche.

»Kein Problem«, flüsterte ich und stellte entzückt fest, dass er das gleiche Handy wie ich hatte.

»Ja?«, sagte er, während er das Smartphone an sein Ohr drückte.

Ich war das glücklichste Mädchen der Welt. Ben war hier. In meinem Krankenhauszimmer. Kreisch!

Plötzlich jedoch stieg erneute Übelkeit in mir auf. Ich schluckte, was es nicht besser machte. Ben sah mich an, während er seiner Mutter am Telefon erklärte, dass er gleich runter zum Auto kommen würde.

Ich versuchte zu lächeln. »Ich komm auch gleich wieder«, flüsterte ich und wollte mich mit holdem Lächeln kurz ins Badezimmer verziehen. Doch als ich aus dem Bett aufstand, wurde die Übelkeit übermächtig. Was man mir scheinbar ansah, denn Ben war plötzlich an meiner Seite.

»Nicht«, wollte ich sagen – wusste jedoch, dass ich mich schon bei der ersten Silbe übergeben würde. Das tat ich dann allerdings auch so.

Wie gut, dass Ben so schnell reagiert und mir die Brechschüssel hingehalten hat, in die ich mit möglichst viel Würde die soeben gegessenen Schaumbecher hineinkotzte.

Auch danach hat er sich wahrhaft männlich verhalten – nämlich genau so, wie der einzige Mann, vor dem ich bisher je gekotzt habe, sich bei so was verhalten hatte (Paps). Er ist schneeweiß im Gesicht geworden und hat fluchtartig das Zimmer verlassen.

Doch immerhin hat er das nicht nur gemacht, um zu flüchten, sondern auch, um die Krankenschwester zu holen. Und die wiederum hat mir ausgerichtet, dass »mein Freund« (hihihi) gehen musste, aber er annimmt, mich spätestens morgen in Disneytown zu sehen.

Jetzt muss ich nur noch den Arzt dazu bringen, mich morgen zu entlassen, und dann Tante Ida davon überzeugen, mich morgen Nachmittag wieder nach Disneytown zu lassen – oder doch besser noch heute, denn Ben würde ja sicher mit seiner kleinen Schwester und seinen Eltern da sein. Arbeiten wäre wahrscheinlich noch nicht das Gelbe vom Ei, aber auch mit einer abgeklungenen Gehirnerschütterung kann es bestimmt nett sein, den Nachmittag in einem Vergnügungspark und vor allem in so wahnsinnig süßer Gesellschaft zu verbringen. ☺

Mittwoch, 16 August

Status: Auf Zuckerwattewolke sieben … auch wenn mir leicht schwindelig ist.

20:00 Uhr. Aua, aua, aua … gar keine gute Idee, mit abgeklungener Gehirnerschütterung in einem Vergnügungspark herumzuhängen, dabei war ich nur kurz da, um nach Ben Ausschau zu halten …

Bin jetzt aber richtig froh, dass Rigo der Schreckliche mich heimgefahren hat. Muss jetzt ganz schnell ins Bett. Hoffentlich geht's mir morgen besser, ich muss doch die letzten Tage nutzen, die Ben noch hier verbringt!

20:12 Uhr. Ich verstehe das nicht. Wollte gerade noch schnell meine Eltern anrufen, weil ich weiß, dass sie sich Sorgen machen. Tante Ida hat sich nämlich leider genötigt gefühlt, sie darüber zu informieren, dass ich zwei Nächte im Krankenhaus verbringen musste.

Ich hatte an dem Abend, als ich ins Krankenhaus gekommen bin, kurz von Tante Idas Handy aus mit ihnen telefoniert beziehungsweise meiner Mutter zugehört, wie sie meinem Vater immer wieder gesagt hatte, dass es unverzeihlich von ihr als Mutter war, mich gehen zu lassen, wo sie doch ganz genau gewusst hätte, dass das nur schiefgehen konnte, bla bla bla.

Dazwischen hatte Paps ihr immer wieder das Telefon aus der Hand genommen und mich gefragt, wie es mir geht – um dann wieder Mama zu Wort kommen zu lassen, die ihm, mir und wohl vor allem sich selbst wieder und wieder erklärte, dass sie mich doch nur deswegen »wider besseres Wissen« zu Tante Ida gelassen hätte, weil sie wollte, dass ich endlich damit aufhörte, mich daheim zu verkriechen.

Schnell hatte ich ihr versichert, dass es mir gut ging – das war, bevor die Kotzerei losging – und ihr versprochen, sie bald wieder anzurufen. Und nun sitze ich hier auf meinem Bett und ... habe statt meinem Louis' Handy in der Hand!

Irgendwie müssen wir unsere Handys vertauscht haben, als er mich das zweite Mal in der Geisterbahn gerettet hat, nachdem ich Ben so geschockt hatte – und mich selbst auch.

Grrrrrrr! Das Ganze würde mich nur halb so sehr nerven, wenn Louis nicht ausgerechnet Katyas Foto als Hintergrund seines Sperrbildschirms hätte!

Wie sehr mich das ankotzt. Und dann sieht sie auch noch einfach atemberaubend aus, wie sie da auf einer Wiese liegt, einen Grashalm zwischen den Lippen.

Wieso kann ich nicht so eine Figur haben?

Egal, Ben hat mich im Krankenhaus besucht – und

das, obwohl ich keine langen, dünnen Beine und einen zarten Körperbau wie eine Elfe habe.

Ich meine, mal ernsthaft, wen interessiert schon ein ruhiger, piratenmaskentragender Typ wie Louis? Ganz egal, ob er mich ein paarmal gerettet hat, ganz egal, ob er ...

OH GOTT! Wenn ich sein Handy habe, dann hat er ja wohl meins! Und ich bin natürlich nicht so schlau wie er, mein Handy zu sperren! Einen PIN-Code habe ich zwar schon, aber damit der was nutzt, muss das Handy ausgeschaltet gewesen sein. Und ich schalte mein Handy NIE aus! Bin außerdem eine notorische Akkuaufladerin, also kann ich auch die Hoffnung aufgeben, dass es mittlerweile keinen Saft mehr hat.

Oh nein, wenn ich daran denke, was für Nachrichten zwischen meinen Freundinnen und mir hin- und hergegangen sind. Abgesehen mal von der ganzen Ben-Schwärmerei hatte ich Marie per WhatsApp ja von Louis erzählt. Von seinen Blicken ... und wie nett er immer zu mir ist ... verdammt, wie peinlich!

Ich kann nur hoffen, dass Louis ein gewisses Ehrgefühl besitzt und keine fremden Nachrichten liest. Piloten sind doch sicher sehr ehrbare Leute, oder?

Scheiße!!!

Donnerstag, 17. August

Status: Ohne Fettnäpfchen und Probleme geht's einfach nicht.

7:15 Uhr. Dem Kopf geht's wieder einigermaßen gut, auch wenn ich kaum geschlafen habe heute Nacht ...

Fieberhaft bin ich im Kopf jede WhatsApp-Nachricht, die ich je verschickt und empfangen habe, durchgegangen. Zumindest alle, die mir eingefallen sind, und alle, die von Louis handeln – und das waren, wie ich entsetzt feststellte, viel mehr, als ich gedacht hatte.

Vor Kurzem hatte ich ja auch noch Marie-Jolie und Caro von ihm erzählt. Oh-oh. Und dass ich zeitweise das Gefühl habe, er interessiere sich für mich. Oh-oh!

Bitte hab Ehrgefühl, Louis, bitte hab Ehrgefühl! Man liest keine fremden Nachrichten!

Dazwischen habe ich immer wieder versucht, mir einzureden, dass Louis vielleicht gar nicht mein Handy hat, doch wer sollte es sonst haben?

Vielleicht, nein, SICHER war das auch der Grund, warum Louis gestern Nachmittag so komisch zu mir war.

Also doch kein Ehrgefühl. Verdammt!

Ich stand mit den Zwillingen vor der Geisterbahn und hab mich ein bisschen von ihnen – nun ja – feiern lassen. Kommt ja auch nicht alle Tage vor, dass man wegen jemandem zweimal hintereinander den Rettungswagen rufen muss, was Lena übrigens gleich zu philosophischen Anwandlungen verleitete.

»Gibt es so etwas wie Schicksal oder nicht?«, begann sie und erklärte dann: »Es drängt sich doch die Frage auf, was passiert wäre, wenn du gleich beim ersten Mal mit dem Rettungswagen mitgefahren wärst, Ali. Hättest du dir dann im Krankenhaus auch den Kopf angeschlagen, sodass du eine Gehirnerschütterung samt Platzwunde bekommst und sie dich ein paar Nächte dort behalten hätten? Oder hätten sie dich nach Hause geschickt und damit dein Leben völlig verändert, weil du zum Beispiel vor Idas Haus einem Serienmörder in die Arme gelaufen wärst?«

»Was davon wäre denn jetzt kein Schicksal gewesen?«, fragte ich leicht verwirrt.

Mensch, war ich froh, dass ich keine starken Kopfschmerzen mehr hatte, sonst hätte ich Lenas Gedanken kaum folgen können.

»Na, die zweite Variante natürlich«, erwiderte sie, offensichtlich erstaunt darüber, dass ich das überhaupt fragen musste.

»Guck mal, Ali. Wir sehen doch, du bist hier, zwar mit Gehirnerschütterung und einem sexy Pflaster auf der

Stirn, aber dich hat kein Serienmörder erwischt, also scheint *das* – der Serienmörder – nicht dein Schicksal zu sein. Ist doch vollkommen logisch, oder?«

Sie zupfte an ihren Dreadlocks und wartete ganz offensichtlich auf eine Zustimmung von mir.

»Okaaay«, sagte ich also. »Demnach ist die Conclusio, dass es kein Schicksal gibt. Oder dass es das Schicksal doch gibt?«

»Na, das wissen wir nicht, weil du eben nicht mit dem ersten Krankenwagen mitgefahren bist. Aber selbst, wenn du das gemacht hättest, wüssten wir immer noch nicht, woran wir wären. Denn auch dann würden wir ja nur dieses eine Szenario kennen. Deshalb werden wir nie erfahren, ob alles Zufall oder doch Vorherbestimmung ist, denn wir kennen ja immer nur eine Variante.«

»Du hast 'nen Knall, Schwesterherz«, lautete der wenig engelhafte Kommentar aus Lukas' Engelsmund.

»Du willst nur nicht über so was Kompliziertes nachdenken«, warf Lena ihm vor. »Oh, hi Louis!«

»Hallo.«

Ich fuhr herum.

Louis würdigte die Zwillinge kaum eines Blickes, sah mich dafür aber umso eindringlicher – und verdammt ernst an. »Dein Typ hat dich vorhin gesucht«, erklärte er mir, woraufhin mein Herz sofort schneller schlug.

Ich spürte, wie meine Lippen trocken wurden, während ich so lässig wie möglich fragte: »Oh. Welcher Typ denn?«

»Keine Ahnung, wie viele Typen du hast. Ich rede von dem, wegen dem du in Ohnmacht gefallen bist. Ich hab ihm gesagt, dass er dich später hier finden wird.«

Damit drehte er sich abrupt um und ging.

»Also, ich bin doch nicht in Ohnmacht gefallen …«, rief ich ihm ziemlich aufgeregt hinter. Warum war er nur so komisch?

»Was ist denn mit dem los?«, formulierten die Zwillinge meinen Gedanken unisono.

»Also, wenn ich es nicht besser wüsste, dann würde ich sagen, er ist eifersüchtig wegen Ali«, fügte Lukas dann noch hinzu.

Ich gab ein ziemlich gekünsteltes Lachen von mir, während mein Herz in meiner Brust Loopings vollführte. *Kann es tatsächlich wahr sein, dass Louis eifersüchtig ist und deshalb so fies war?*, fragte ich mich.

Zu doof, dass ich gestern Nachmittag noch nicht wusste, dass Louis mein Handy hatte, denn dann hätte ich ihn gleich danach gefragt und vor allem keinen Gedanken daran verschwendet, warum er so komisch zu mir war. Beziehungsweise keinen Gedanken daran verschwendet, ob er womöglich eifersüchtig auf Ben war. Er war einfach nur total angepisst, weil ich mich in meinen Nachrichten an Marie über ihn aufgeregt hatte. Mist, das tut mir echt leid, dass er jetzt so ein schlechtes Bild von mir hat.

Hach, wenn ich wenigstens wüsste, wie ich möglichst charmant mein Handy zurückverlangen könnte.

Vielleicht so: »Du, Louis, schau mal, ich hab da was für dich ... tauschen wir wieder, hm?«

Oder: »Louis, kann ich bitte mein Handy wiederhaben? Ich hab darauf wichtige Nachrichten gespeichert, die ich mit meiner Psychiaterin ausgetauscht habe. Sie rät mir immer dazu, über die Menschen aus meinem Leben ein bisschen herzuziehen. Ich hab ein schweres Trauma, weißt du ...«

Gott, du bist echt armselig, Ali.

Verdammt, jetzt hol dir endlich dein Handy zurück!

12:00 Uhr. Hatte so eine Ahnung, dass ich mein Tagebuch heute besser mit nach Disneytown nehme.

Ich fass es nicht. Ich habe meine Tante soeben beim Knutschen mit dem Vater der Zwillinge erwischt. Hinter dem Autodrom. Die beiden waren so sehr miteinander beschäftigt, dass sie mich zum Glück nicht gesehen haben.

Wuah ... Es gibt Dinge, über die man einfach nicht Bescheid wissen möchte, wie zum Beispiel über das Liebesleben der eigenen Eltern – oder in dem Fall das der Großtante.

Oh Gott, jetzt kommen sie gerade auf mich zu, Tante Ida mit einer knallrosa Zuckerwatte in der Hand! Sie isst doch sonst nie was Süßes.

Jetzt sind sie an mir vorbei. Tante Ida war völlig außer Rand und Band, hat mir zugewunken und mir mit zuckerwatteverklebtem Mund zugerufen: »Na, Schätzchen, alles in Ordnung bei dir? Ruh dich ja aus! Dass du mir heute ja keinen Finger rührst.« Kicher, kicher, kicher … wie ein Teenager.

Wobei mir gerade bewusst wird, dass ICH Teenager bin und mich doch hoffentlich nicht so kindisch aufführe!

Oh, Ben, wo bist du nur? Wann finde ich dich endlich?

Hmpf, muss noch zu Louis, mein Handy zurückholen.

15:00 Uhr. Ich hab ihn gefunden. ☺

Wir sind uns vor der Peter-Pan-Riesenschiffsschaukel quasi in die Arme gelaufen. Gerade holt er Milchshakes für uns. Von der Bank aus, auf der ich sitze, kann ich ihn beobachten, hihi. Hoffe nur, er bemerkt es nicht.

Oh, er kommt schon wieder zurück.

Hmmm, wie sehr ich Ben … äh, Milchshakes liebe.

18:00 Uhr. Hab mein Handy immer noch nicht zurück. Bin aber momentan auch ehrlich gesagt viel zu sehr mit Ben beschäftigt, als an Handys zu denken.

Einerseits war der Spaziergang, den ich mit Ben durch Disneytown unternommen habe, wunderschön gewesen. Ich konnte es gar nicht fassen, dass er und ich tatsächlich nebeneinander hergingen und miteinander redeten, und musste ihn immer wieder von der Seite ansehen.

Er sieht ja so wahnsinnig gut aus ... Jedes Mal, wenn ich ihm zufällig in die Augen sah, hätte ich am liebsten total blöd gegrinst oder sogar noch viel blöder zu kichern angefangen, weil er diese unglaublich dunkelblauen Augen hat.

Und dann dieses Lächeln.

Manchmal jedoch, wenn ich versuchte, ihn heimlich zu beobachten, merkte ich, dass er mich ebenfalls beobachtete. Dabei sah er so nachdenklich aus. Aber warum?

Natürlich geht direkt wieder meine Fantasie mit mir durch. Meine Überlegungen umspannen eine ganze Reihe von Szenarien, angefangen mit harmloseren Dingen wie: Er ist ein Serienkiller, der es auf braunhaarige, mollige Mädchen abgesehen hat und mich immer wieder kritisch mustern muss, weil er überlegt, ob ich ihm für seinen Geschmack nicht zu dünn bin. Bis hin zu der absoluten Schreckensvorstellung, dass ihm mittlerweile klar geworden ist, wer ich bin, und er überlegt, wie er am besten von hier verschwinden kann.

Wenn bloß diese Sache im Theater nie passiert wäre. Dann könnte ich so locker mit ihm umgehen und hätte den Spaziergang richtig genießen können. So aber war ich ständig gehemmt.

So ein Mist! Dabei muss ich ihn doch ganz schnell dazu bringen, dass er sich in mich verliebt, damit er später dann die Offenbarung verkraften kann, dass ich diejenige bin, die ihn auf der Bühne so blamiert hatte. Sonst würde das nie was mit unseren gemeinsamen Ur-Enkeln werden.

Oh Gott, die Armen! Die werden vielleicht nie zur Welt kommen. Zumindest nicht, wenn ich das jetzt vermassele.

Was für ein Wahnsinnsdruck das ist! Für Tausende von Fortfahren verantwortlich zu sein. Und was für eine wahnsinnig romantische Vorstellung andererseits, dass es in der Weltgeschichte immer Menschen geben würde, die von mir und Ben abstammten.

»Willst du eine Zuckerwatte?«, fragte er plötzlich und riss mich damit aus meinen Gedanken.

Ich war so perplex, dass ich vergaß, was ich mir im Krankenhaus geschworen hatte, nachdem ich mir die halbe Tüte Schaumbecher reingeschoben hatte – dass ich mir nie wieder die Blöße geben würde, so ungehemmt vor ihm zu naschen.

»Ja, Zuckerwatte!«, rief ich daher glücklich und biss mir gleich darauf auf die Unterlippe. »Ich meine, ja, du musst unbedingt eine probieren. Die bei Gustavs Stand sind die besten.« Und dann überraschte ich mich selbst, indem ich nach Bens Hand griff und es sogar so einrichtete, dass unsere Finger sich miteinander verschränkten.

Und er ließ es zu.

Hihi.

Mein Gott, bin ich blöd und kindisch. Aber egal, davon muss er ja nie etwas erfahren.

Bei Gustav angekommen, nahm der Ben gleich mal

unter die Lupe. Irgendwie süß. Er spielte sich auf, als wäre er mein Vater.

»Na, junger Mann«, sagte er, während er zwei Zuckerwatten auf einmal um zwei Stäbchen wickelte. »Studieren wir schon oder gehen wir noch zur Schule?«

»Zur Schule«, erwiderte Ben und sah richtig ernst dabei drein, so als wäre Gustav wirklich mein Vater und er (also Ben) würde diese Inquisition wirklich ernst nehmen. Der Arme.

Gustav drückte uns beiden je eine Zuckerwatte in die Hand und zählte dann das Geld, das Ben ihm gab, akribisch nach.

So kannte ich ihn gar nicht. Bisher hatte er von mir nur selten Geld angenommen, sondern fast immer gesagt, dass das »natürlich aufs Haus« geht.

Auch wenn ich mich schon gefragt habe, wie Gustav wohl sein Überleben sicherte, denn er war ja sofort mit jedem gut Freund und lud auch viele Besucher mal auf was ein beziehungsweise machte ihnen einen Freundschaftspreis.

Nur Ben nicht.

Den beäugte er nur komisch, was Ben jedoch zum Glück nicht zu bemerken schien.

Hm, ich muss Gustav später unbedingt fragen, was er gegen Ben hat. Er muss den zukünftigen Vater meiner Kinder doch mögen.

Wir schlenderten weiter, jeder mit einer Zuckerwatte in der Hand. Ich liebe diese rosaweichen Wolken, deren Teilchen sofort schmelzen, sobald man sie sich in den Mund schiebt.

Wenn man glücklich ist und dabei noch Zuckerwatte auf der Zunge hat, ist es fast so, als würde man selbst auf einer rosa Wolke schweben.

Eigentlich fehlte nur noch eines zu meinem Glück. Ich sah Ben aus dem Augenwinkel an, merkte, dass er mich auch ansah – und machte einen schnellen Schritt nach vorne, um direkt vor ihm stehen zu bleiben. Morgen war schon sein letzter Tag hier und vielleicht brauchte er, wie zuvor beim Händchenhalten, ja wieder einen kleinen Anstoß.

Ich weiß nicht, was ich gedacht hatte, was passieren würde, wenn ich plötzlich vor Ben stehen blieb, demonstrativ meine Augen schloss und einfach mal abwartete ... na gut, doch, ich hatte dabei schon an etwas Bestimmtes gedacht, aber sicher nicht an das, was dann tatsächlich passierte.

Er rannte mich um.

Doch es war das schönste Umgeranntwerden, das je ein Mensch erlebt hat, denn gleich darauf lag ich in seinen starken Armen. Umgerannt und aufgefangen. Das nenne ich sportlich. Aber er ist ja auch sehr sportlich. Und einfach der Hammer ...

Schade war nur, dass aus meinem geplanten Kuss nichts mehr wurde, weil wir beide total lachen mussten und danach damit beschäftigt waren, seine Zuckerwatte aus meinen Haaren zu bekommen. Die sind auch jetzt noch total verklebt, muss nachher eigentlich noch Haare waschen. Will ich aber gar nicht, denn diese verklebten Haare verbinden uns, Ben und mich.

Um halb sechs musste er dann wieder zu seiner Familie zurück. Ich gebe zu, in meinen wildesten Fantasien hab ich mir vorgestellt, wie er zu mir sagt, dass ich unbedingt mitkommen muss, um seine Familie kennenzulernen. Hat er leider nicht gemacht, aber morgen ist ja auch noch ein Tag.

Und wer weiß, vielleicht hätte es ja doch noch einen Kuss zwischen uns gegeben, wären bei unserem Abschied nicht ausgerechnet die Zwillinge erschienen.

»Hi, Ali. Hi, Ben! Na, was macht ihr so?«, rief Lukas schon von Weitem.

Ich wusste nicht, ob ich es lustig oder peinlich finden sollte, dass die Zwillinge Ben durch diese Geschichte in der Geisterbahn kannten. Und ob ich sie mit Zuckerwattebällchen abwerfen sollte, weil sie den Moment zwischen uns zerstörten.

Ben sah auch nicht so begeistert aus, als die beiden ankamen. Deshalb versuchte ich, sie abzuwimmeln, auch wenn ich die beiden eigentlich sehr mag. »Ja, hier und da. Ähm, ich komm gleich nach.«

»Das musst du auch. Wir gehen jetzt zum Bullentraining. Komm doch gleich mit. Du kannst die Übung sicher gebrauchen«, meinte Lukas grinsend.

Ich wollte widersprechen, doch Ben sagte: »Ja, mach das. Das klingt doch lustig. Also dann …« Er machte einen Rückwärtsschritt und hob die Hand zum Abschied. »Bis morgen, Ali.«

Dann schickte er noch ein »Ciao« in Richtung der Zwillinge und drehte sich um.

»Halt!«, rief ich. Na gut, in Wahrheit schrie ich es wohl eher, doch ich hatte plötzlich große Angst, dass er für immer weg sein könnte.

Er drehte sich noch mal zu mir um und sah mich fragend an.

Ich lief … na gut, ich rannte auf ihn zu. Wahrscheinlich war ich in meinem ganzen Leben noch nie sieben Schritte so schnell gerannt.

Gerade frage ich mich, ob Usain Bolt wohl auch so schnell ist. Ich bin sicher keine Langstreckenläuferin, aber anscheinend eine Sprinterin. Zumindest wenn der Sprint sieben Schritte nicht übersteigt. Ich glaube, wenn das jemals eine olympische Disziplin werden sollte, wäre ich die schnellste Sprinterin der Welt.

»Ich weiß ja gar nicht, wo ich dich morgen wiedersehe!«, sagte ich, als ich ihn erreicht hatte.

Ben grinste. »Na hier. Ich bin doch morgen noch da.«

»Ja, aber Disneytown ist groß. Wo genau finde ich dich denn?«

Er überlegte kurz. »Um halb elf am Zuckerwattestand?«, schlug er dann vor.

Ich konnte meine Enttäuschung nur schwer verbergen. »Erst um halb elf?«

»Früher geht's nicht, der Einlass ist doch erst um zehn. Okay, um Viertel nach zehn?«

Verdammt, warum konnten wir nicht um sieben Uhr morgens öffnen?

»Ali, kommst du nun mit zum Bullentraining?«, rief Lena.

»Ja, ich komme«, antwortete ich, während ich Ben nachstarrte, als er joggend in Richtung Ausgang lief. So ein sportlicher Typ, unglaublich.

»Nun komm schon, Ali!«

»Bin ja da, bin ja da.« Damit Lukas und Lena meine Enttäuschung über den raschen Abschied und den fehlenden Kuss nicht bemerkten, plapperte ich gleich drauflos: »Ich habe Gustav versprochen, es auch mal am Bullen zu versuchen. Aber vielleicht nicht gleich heute. Der Arzt hat gesagt, ich soll es erst mal langsam angehen lassen.«

Lena legte mir eine Hand auf den Arm. »Ali. Bitte schlag dir den Typen aus dem Kopf.«

»Was?« Ich blieb stehen. »Was meinst du damit?«

»Ich meine damit, dass du was Besseres verdient hast, Ali.«

»Aber du kennst ihn doch gar nicht!«, protestierte ich und sah Lukas Hilfe suchend an.

Er schien sich ziemlich unwohl in seiner Haut zu fühlen.

Was sollte das Ganze? Wie kam Lena auf die Idee, sich in meine Angelegenheiten zu mischen?

Ich war plötzlich so wütend, dass ich einfach losrannte.

»Ali, warte doch!«, rief Lukas mir hinterher.

Einen Dreck werde ich tun, dachte ich.

Leider ging mir nach meinen sieben Sprintschritten die Puste aus. Die beiden hatten mich sofort wieder eingeholt.

»Ali, ich meine es doch nicht böse«, sagte Lena.

Ich trabte weiter – bis ich bemerkte, dass ich so langsam war, dass Lena gemütlich neben mir hergehen konnte. Da ging ich auch ins Schritttempo über.

»Was ist denn eigentlich los?«, fragte ich sie. »Was meinst du über Ben zu wissen, dass du so was sagt? Du kennst ihn doch gar nicht.«

Sie seufzte tief auf. Leider tauchten in dem Moment Rigo und Joe auf und unterbrachen unser Gespräch. Ich hätte so gerne erfahren, was Lena gegen Ben hatte.

»Na, Ali. Hehe, hab dich gerade beim Joggen beobachtet. Bei dir gibt es da wenigstens einiges zu sehen, nicht so wie bei diesen Mädels, die wie Zahnstocher gebaut sind, hehe.« Doofer, anmaßender Blick in Richtung Lena, die ihm daraufhin ihren Mittelfinger präsentierte. Dafür hätte ich ihr ja am liebsten gleich wieder ein High five gegeben.

Joe rieb sich die Hände. »Endlich wieder Bullenreiten. Machst du auch mit, Wälli?«

»Klar mach ich mit!«, erwiderte ich. Die Anordnung des Arztes war bereits vergessen. Ich hatte zwar keine Ahnung, was dort auf mich zukommen würde, doch ich brauchte ganz dringend etwas Ablenkung.

Lena wurde von ihrem Vater gerufen, also mussten wir unser Gespräch verschieben, doch eigentlich war mir das in dem Moment sogar ganz recht. Ich wollte gar nichts Blödes über Ben hören. Ich wollte mich auf morgen freuen, darauf, ihn wiederzusehen, und war sehr gespannt, ob es wohl morgen – an seinem letzten Tag hier – endlich zu unserem Kuss kommen würde. Er musste sich schließlich ganz schnell in mich verlieben, damit ich ihm beichten konnte, wer ich war.

Wäre ich bloß nie Marie in diesen Toilettenraum gefolgt – und hätte Marie bloß an das gedacht, was der Tonmeister, der für die Mikros verantwortlich war, uns zuvor eingeschärft hatte. Dann hätte ich heute viel offener mit Ben umgehen können. Ich hätte fragen können, ob er mir seine Familie vorstellt. Bestimmt hätten sie mich zum Abendessen eingeladen und mich direkt als ihre Schwiegertochter adoptiert.

Alles hätte gut sein können. Wenn nicht dieses Damoklesschwert der Theaternacht über mir schweben würde.

23:00 Uhr. Das Bullentraining musste natürlich in einer Katastrophe enden. Und das lag nicht an dem elektrisch betriebenen Bullen, der ziemlich herumbockt.

Für zwei Abende im August ist der Bulle für die Mitarbeiter in Disneytown reserviert. Der erste Tag ist fürs Training gedacht, am zweiten Tag findet dann der Wettkampf statt.

Natürlich wusste ich, dass dieses

Ding nichts für mich und meinen Magen war und schon gar nicht für meinen in Mitleidenschaft gezogenen Kopf. Doch je mehr Männern ich dabei zusah, wie sie nach kurzer Zeit abgeworfen wurden, desto mehr fragte ich mich, was daran so schwer war.

Lena und Lukas machten jedenfalls eine ganz gute Figur auf dem Ding, beide saßen fast doppelt so lange auf dem Rücken des Bullen wie die meisten ausgewachsenen Männer.

Plötzlich sah ich Louis auf der anderen Seite der Bullenarena stehen. Mist, wegen der ganzen Ben-Sache hatte ich völlig mein Handy vergessen.

Na gut, jetzt oder nie, dachte ich und schob mich durch die Zuschauer hindurch auf die andere Seite. Als ich Louis erreichte, tippte ich ihm auf die Schulter.

Er drehte sich um, sagte aber nichts.

Da wurde ich sauer. Ich fand nämlich, dass eigentlich ich diejenige war, die sauer sein durfte. Er hatte mich schließlich immer angegafft, aber auf dem Display seines Smartphones immer noch Katyas Foto.

»Ich muss mit dir reden«, sagte ich etwas schroff.

»Jetzt geht's nicht.«

Es waren nicht seine Worte, die mich trafen, sondern der Tonfall, in dem er das sagte – abweisend und kalt.

Ich war so ein Idiot! Was hatte ich eigentlich erwartet? Schließlich kannte er den Inhalt meiner Nachrichten auf meinem *nicht gesperrten* Handy, in denen ich ordentlich über ihn und seine Beziehung zu Katya (beziehungsweise mit Katya) hergezogen hatte.

Ich öffnete den Mund, um mich bei ihm zu entschuldigen, doch da sprang Louis plötzlich über den Zaun in die Arena. Irgendwie konnte ich mir nicht vorstellen, dass er es lange auf dem Bullen aushalten würde, doch ich hatte mich geirrt.

Louis saß so lange oben, dass der Bullenbesitzer schließlich den Hebel hochdrückte, woraufhin das Vieh derart buckelte, dass es Louis vornüber abwarf.

Erschrocken schlug ich mir die Hand vor den Mund. Das hatte schrecklich gefährlich ausgesehen, kurz hatte ich richtig Angst um Louis. Allerdings nur so lange, bis Katya auf der Bildfläche erschien, in die Arena stürmte und zu Louis auf die Matte stürzte.

»Wie süß, die zwei«, sagte jemand hinter mir.

Ich sah noch zu, wie Katya Louis hochhalf, dann schob ich mich in die hinterste Reihe. Ich hatte wirklich keine Lust, Katya und Louis beim Knutschen zuzusehen. Gut, sie hatten nicht geknutscht, aber das konnte ja noch kommen.

Wenn ich heute doch bloß Ben hätte küssen dürfen, dann hätte ich den anderen ihre Küsse sicher auch gegönnt ...

Böse Ali, denkst immer nur an dich selbst, schalt ich mich.

Dann fiel mir mein Handy wieder ein. Ich brauchte es dringend, da Mama und Paps mindestens jeden zweiten Abend anrufen und sich vergewissern, dass es mir gut geht. Obwohl ich ihnen längst gesagt hatte, dass sie das lassen sollen, grrrrr ...

Außerdem musste ich endlich Marie anrufen und ihr von Ben berichten!

Ich suchte also nach Louis, entdeckte ihn (zum Glück ohne Katya) auf der Wiese und ging zu ihm rüber. »Ich schätze mal, das ist deins«, sagte ich und hielt ihm sein Handy unter die Nase.

»Es tut mir so leid, dass du all das sehen musstest, was ich mit meinen Freundinnen geschrieben habe, aber …«

Eigentlich wartete ich darauf, dass er mich irgendwie erlöste, irgendetwas in der Richtung sagte, dass das doch alles nicht so schlimm sei. Dann sollte er noch schnell mein Handy hervorzaubern und ich könnte endlich dieser peinlichen Situation entfliehen.

Stattdessen glotzte er mich nur an.

Ich hockte mich neben ihn, seufzte tief auf und sagte schließlich: »Hör mal, Louis, ich weiß, du wunderst dich, dass ich mit meinen Freundinnen so viel über dich gesprochen habe … ähm, ja vielleicht war ich … ach, keine Ahnung … aber jetzt …«

Mein Gott, kann der Typ nicht endlich was sagen und mir diese peinliche Nummer ersparen?, dachte ich.

Und tatsächlich machte er endlich den Mund auf. »Okay, das ist ja ganz interessant zu erfahren, dass du mit deinen Freundinnen über mich geredet hast, aber ich hab dein Handy nicht. Und das ist auch nicht meins.«

Was?!

»Was?!«

Wessen Handy sollte das dann bitte sein, wollte ich ihn fragen. Und wer verdammt noch mal hatte dann mein Handy?! Aber da kam plötzlich Katya an.

Natürlich! Katya! Sie hatte eben ein Foto von sich selbst als Hintergrundbild. Auch wenn ich mir nicht erklären konnte, wie wir unsere Handys miteinander vertauscht hätten sollen.

»Das ist deins, oder?« Ich streckte ihr das Handy mit ihrem Bild auf dem leuchtenden Display entgegen.

»Nö«, sagte sie. »Ist nicht meins, aber das Foto hat Ben mal von mir gemacht. Vielleicht ist es seins?«

»Was?!«

Was?!

»Ben? Welchen Ben meinst du?«, fragte ich mit einem hysterischen Kichern.

Katya sah mich stirnrunzelnd an. »Du weißt genau, welchen Ben ich meine. Er hat mir vorhin erzählt, dass er dich im Krankenhaus besucht hat.«

»Oh. Und ... woher kennst du ihn so gut?«

Bildete ich mir das ein oder lag in Katyas Blick tatsächlich so etwas wie Mitleid?

»Ben und ich waren ein Jahr lang zusammen«, erwiderte sie schließlich.

Ich glaub, ich muss sterben.

Donnerstag, 17. August

Status: Werde zur Mörderin meiner besten Freundin. Oh, Marie, wenn ich dich in die Finger kriege!

15:00 Uhr. So ein Scheiß! Hatte gerade einen wunderschönen Spaziergang mit Ben gehabt, über den ich mich gar nicht richtig freuen kann.

Nicht nur, dass ich gestern noch erfahren habe, dass Ben jedes Jahr hierherkommt und vorletzten Sommer eine Beziehung mit Katya hatte, die sie dann letzten Sommer wegen Louis beendet hatte. Nein, anscheinend hängt er noch total an ihr, sonst hätte er doch nicht ihr Foto als Hintergrundbild für sein Smartphone. Und um es noch schlimmer zu machen, war *er* es, der mein Handy hatte und nun alle meine Nachrichten mit Marie, die hauptsächlich von ihm (na ja und auch von Louis) handelten.

Er hat uns beiden noch mal Zuckerwatte geholt, eine blaue und eine pinke. Während wir die aßen, dabei auch immer wieder von der des anderen kosteten und ich mir einzureden versuchte, dass Katyas Foto auf seinem Handy bestimmt nichts zu bedeuten hatte, legte er plötzlich den Arm um mich, ganz fest.

Mir blieb fast das Herz stehen und beinahe wäre ich an blauer Zuckerwatte erstickt. Es war so ein intimer Moment, doch das Einzige, was ich denken konnte, war: *Jetzt bloß nicht husten, Ali. Auch nicht ersticken. Und schon gar nicht spucken.*

Meinen sicher hochrot angelaufenen Kopf schrieb er wohl dem Körperkontakt zu, was gar nicht mal so falsch war. Selbst ohne Erstickungsanfall wäre ich in dem Moment wohl knallrot angelaufen.

Er hat mich dann auf eine Bank geschoben, sich – immer noch den Arm um mich geschlungen – neben mich gesetzt, ganz nah, und mir tief in die Augen gesehen.

Durchatmen, Ali, durchatmen. Nicht hyperventilieren, beschwor ich mich selbst.

»Ali, ich muss dir was erzählen … es ist eine total verrückte Geschichte.« Plötzlich war er selbst total rot im Gesicht und sah verlegen auf den Boden.

Soooo süß.

»Also, ich bin öfter mal im Schwimmbad mit meinen Kumpels und ein paar Mädchen aus unserer Schule haben uns aus Spaß solche Voraussagungen gemacht. Und mir wurde von einem von ihnen vorausgesagt, dass ich, wenn ich dieses Jahr mit meiner Familie nach Disneytown fahre …«

Er machte eine kurze Pause und mein Herz rutschte mir endgültig in die Hose, denn ich konnte mir schon ungefähr denken, was jetzt kam und welches Mädchen ihm etwas vorausgesagt hatte.

Er holte tief Luft und fuhr dann fort: »Ja, also, wenn ich nach Disneytown fahre, dann werde ich … dann werde ich mich in ein Mädchen verlieben. Und ich werde sie daran erkennen, dass sie meinen Namen weiß, obwohl sie mich kaum kennt. Und das trifft doch genau auf dich zu, oder?«

Ich hätte mir so sehr gewünscht, dass ich ihm daraufhin einfach glücklich in die Arme hätte fallen können, weil ich die Geschichte so romantisch fand.

In Wahrheit aber brodelten ganz andere Gefühle in mir.

Marie, ich bring dich um!!!!!

Da hatte sie also anscheinend im Schwimmbad mitbekommen, dass Ben ausgerechnet hierherfahren würde. Und anstatt mich vorzuwarnen, hatte sie sich diese hübsche Geschichte ausgedacht. Mir war klar, dass sie mir damit helfen und ihren Fehler wiedergutmachen wollte, aber in dem Moment wollte ich sie trotzdem einfach nur erwürgen.

Hatte sie eigentlich daran gedacht, dass Ben nach den Ferien erfahren würde, wer ich war? Dass *ich* für die Szene im Theater verantwortlich war, die ihn so gedemütigt hatte?

Vielleicht sollte ich es ihm endlich sagen. Dass wir nicht nur auf dieselbe Schule gingen, sondern auch gemeinsam in den letzten Schulmonaten Shakespeares Romeo und Julia geprobt hatten und wie wundervoll ich ihn in der Rolle des Mercutio fand. Genau wie sämtliche Schüler und Lehrer, die bei den Proben hin und weg von seinem Talent waren – vor allem, wenn er die Sterbeszene spielte.

Ich hätte übrigens gerne die Julia gespielt, aber, tja, die Rolle bekam mal wieder Marie. Dafür durfte ich Julias dicke, alte Amme spielen. Ist auch ... eine sehr schöne Rolle.

Wir waren alle so aufgeregt, dass sich aus unserem kleinen Städtchen so viele Zuschauer angemeldet hatten, dass kurz vor der Aufführung beschlossen wurde, das Ganze auf die Bühne im Gemeindesaal zu verlegen. Wir haben sogar kleine Mikros bekommen – weil der Gemeindesaal so groß ist –, befestigt an unseren Kostümen.

Und dann sind die Warnungen losgegangen: »Kinder, vergesst ja nicht, nach Abgehen von der Bühne eure Mikros auszuschalten, es wird sonst alles auf die Bühnenlautsprecher übertragen, was ihr hinter den Kulissen redet.«

Diesmal kann ich wenigstens sagen, dass *ich* daran gedacht habe. Aber das nützte mir leider wenig. Denn Madame »Julia«, meine beste Freundin Marie, hatte nicht daran gedacht. Und sogar Julia hat manchmal Pause in dem Stück – die Amme sowieso –, unter anderem dann, wenn Mercutio stirbt.

Und wo plauscht es sich für Freundinnen besser als auf dem Klo? Da standen wir also in unseren Kostümen und haben uns über Jungs unterhalten.

Hinterher haben wir von Lilly (Caros Schwester), die im Publikum saß, einen ziemlich ausführlichen Augen- und Ohrenzeugenbericht erhalten, während sie sich vor Lachen gar nicht mehr einkriegte.

»Hahaha, war das cool! Zuerst dieses Wasserrauschen, dann deine Stimme, Marie: ›Du sag mal, Ali, was findest du eigentlich an Ben?‹ und dann du, Ali, wie du total geschwärmt hast: ›Oh, er ist soooo süß, er hat diese wunderschönen dunkelblauen Augen, nur das karibische Meer hat so eine Farbe.‹ Maries trockene Erwiderung: ›Das karibische Meer ist aber türkis‹, wovon du dich gar nicht hast irritieren lassen, Ali. ›Nur am Strand, tiefer im Wasser hat es dieses unglaubliche Dunkelblau – wie Bens Augen. Er ist soooo schön. Und wie er diese Mercutio-Sterbeszene spielt, das ist einfach soooo echt!‹ Hahaha und das Beste war Ben, der gerade auf der Bühne sterben soll, bereits zusammengesackt ist und dann wieder aufgesprungen ist, als er seinen Namen hörte. Dann hat er ins Publikum gestarrt und da ist ihm anscheinend wieder eingefallen, dass er ja tot ist, also hat er sich wieder hingelegt, hahaha!«

Ob Ben das wohl genauso romantisch findet wie Maries »Vorraussage«? Wahrscheinlich nicht.

Was für ein Riesenscheiß.

Da kommen Lena und Lukas, muss aufhören ...

Freitag, 18. August

Status: Jungs können mich mal kreuzweise! Bin für den Rest meines Lebens geläutert!

8:00 Uhr. Ich weiß nicht, was ich denken soll. Ich bin völlig durch den Wind.

Nachdem ich gestern verzweifelt darüber nachgedacht habe, was ich tun soll und wie ich Ben die Wahrheit sagen soll, habe ich mich ... na ja ... erst mal doch kurz von ihm küssen lassen. Wenn ein Typ ein Mädchen küssen will, dann doch wohl hoffentlich, weil er sie mag, und nicht nur, weil er plötzlich an Wahrsagungen glaubt, oder?

Vielleicht geht mein Plan also doch auf und er verliebt sich ganz schnell in mich und dann ist das, was ich ihm sagen muss, gar nicht mehr so schlimm.

Dieser Kuss ... phew. Er war so wooooow. Ich glaube, so müssen Küsse sein.

Doof nur, dass ich währenddessen dauernd überlegt habe, was ich tun soll ... ach Manno.

Und was ist nur mit dieser Handygeschichte? Er kann meins doch gar nicht haben, sonst wüsste er ja, dass ich ihn sehr wohl seeehr gut kenne. Ohgottohgott, was mach ich nur?, ging es mir die ganze Zeit durch den Kopf.

Hihihi, ich kann es noch immer nicht glauben, dass wir uns tatsächlich geküsst haben ... das war echt schön. Trotz allem. Blöd nur, dass auf einmal Rigo der Schreckliche vorbeikam, in die Hände klatschte – zum Glück nicht, um zu applaudieren, sondern um uns zum Mitkommen zu bewegen – und rief dabei: »Auf auf, ihr Lieben, das Bullenreitenturnier startet! Und wer weiß, was der glückliche Sieger heute gewinnt? Vielleicht einen Kuss von der holden Maid, hehe! Kumpel, du solltest dein Schnittchen mal im Plutokostüm sehen, da hast du echt was zum Anfassen, verdammt heiß, hehehe.«

Ben sah mich verwirrt an und ich sagte schnell: »Vergiss, was er gesagt hat. Aber, ähm ja, schauen wir beim Bullenreiten zu?«

Jetzt sah er noch verwirrter drein. »Bullenreiten? Okay?«

»Keine Angst, das macht Spaß.« Ich wollte schnell irgendwohin, wo Leute waren, damit er mich nicht ständig so intensiv ansah und ich weiter darüber nachdenken konnte, was ich verdammt noch mal tun sollte.

Wenn er mich jetzt noch einmal küssen würde, würde ich ihm ganz bestimmt nicht die Wahrheit sagen und dann wäre es umso schlimmer, wenn er zu Schulanfang checken würde, wer ich war. Andererseits sagte mir eine ziemlich eindringliche Stimme in mir drin, dass ich ihn sofort verlieren würde, wenn ich ihm jetzt die Wahrheit sagte.

Und ich wollte ihn doch unbedingt behalten.

Ich war völlig durcheinander, weshalb ich nicht widersprach, als Lena vorschlug, dass ich doch auch am Wettkampf teilnehmen sollte.

Plötzlich fand ich mich also auf dem Bullen wieder, am lautesten angefeuert von den Zwillingen, die laut »Ali! Ali!« schrien, und von Rigo, der immer wieder blöd lachte und »Mit deinen kräftigen Schenkeln schaffst du das, hehe!« brüllte.

Mein erster Ritt dauerte geschätzt eine Nanosekunde lang, doch danach war mein Ehrgeiz geweckt. Das konnte doch nicht so schwer sein! Ich kapierte gar nicht, wieso sich nicht mal die kräftigsten Leute drauf halten konnten, es sah doch so leicht aus!

Rigo hatte schon recht, ich hatte kräftige Schenkel, das musste doch also zu schaffen sein. *Okay, Schenkel so fest zusammenpressen, wie es geht, und dabei einfach an den Hals von dem Ding klammern,* nahm ich mir vor.

Beim nächsten Ritt hatte ich gleich ein besseres Gefühl. *Ja, ich schaffe das,* dachte ich, *ich ...*

»Aaaaaaaah!«, hörte ich mich selbst kreischen, als ich auf einmal nicht mehr auf dem Rücken des Bullen saß, sondern an seinem Hals baumelte und ihn mit meinen fest zusammengepressten Schenkeln im Würgegriff hatte.

Als ich nach gefühlten 45 Minuten (erfuhr nachher,

dass es grandiose 7,6 Sekunden waren, aber immerhin) auf die Matte plumpste und mir dabei ein »Autsch« entfuhr, weil ich mit meinem Kopf etwas unsanft gegen das Bein dieses Ungetüms gestoßen war, standen plötzlich zwei Jungs auf der Matte, um mir aufzuhelfen.

Ich sah die beiden an, wie sie sich gegenüberstanden – Ben und Louis. Sie waren von links und rechts zu mir gesprungen und hielten mir von beiden Seiten je einen Arm hin, die ich beide dankbar annehmen wollte, doch als sie sich des jeweils anderen bewusst wurden, richteten sie sich plötzlich beide auf und ließen mich einfach zwischen sich liegen. Innerlich schwoll ich vor Stolz an, denn natürlich war mir klar, um was es hier ging beziehungsweise um *wen*. Hach … schön.

Das dachte ich zumindest. Doch dann hörte ich plötzlich eine samtige, schnurrende Stimme sagen: »Jungs, ich bitte euch, seid vernünftig! Das bringt doch nichts!«

Ich kam mir ziemlich bescheuert vor, als ich da auf der Matte lag, meine Arme immer noch nach meinen vermeintlichen Rettern ausgestreckt, während die beiden auf Katya zugingen, die am Rand stand.

Letztendlich zog Lena mich von der Matte, gratulierte mir zu meinem sagenhaften Ritt und setzte sich selbst auf den Bullen.

Ein kleines Stückchen entfernt stand Katya mit »meinen Jungs«. So was Fieses. Ich musste da jetzt hin, musste das ein für alle Mal klären!

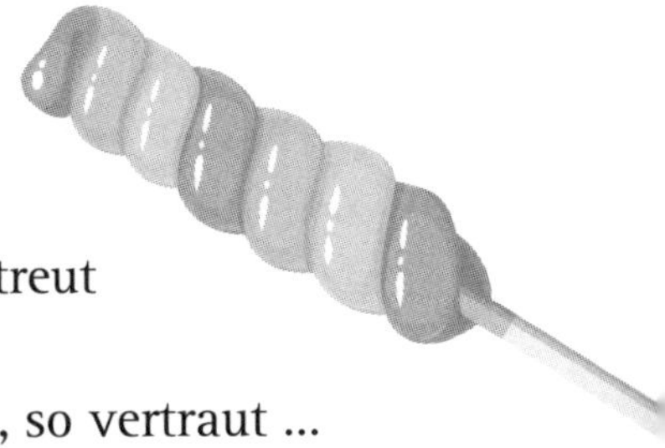

»Oh Ali, du warst toll, echt toll«, sagte Ben immerhin, als ich näher kam, auch wenn er sehr zerstreut klang.

Und wie er da neben Katya stand, so vertraut ...

Ich beschloss, die Naive zu spielen.

»Oh, ihr kennt euch also«, begann ich so cool wie möglich, obwohl es innerlich in mir brodelte, weil Ben und Louis mich schon wieder links liegen ließen. Und das, obwohl ich krampfhaft versuchte, nicht die Eifersüchtige zu spielen. Hallo?!

»Was ist denn los bei euch? Kann mich mal einer aufklären?«, fragte ich und vermutlich klang dabei doch etwas von meinem Ärger heraus, denn auf einmal hatte ich ihre Aufmerksamkeit.

Katya sah mich lieb an (Ich hasse es, wenn sie das tut! Sie kommt mir dann immer total heilig vor und ich habe das Gefühl, sie würde mich bemitleiden. Furchtbar, echt!) und Louis hob abwehrend die Arme.

»Sorry«, meinte er. »Aber ich sag da lieber gar nichts mehr dazu.«

Dann ging er.

Und dann passierte das Schärfste! Ben beobachtete Katya, wie sie Louis nachsah, und sagte: »Toll, du siehst ihn ja sehr sehnsüchtig an.«

Obwohl er sie ansah, hoffte ich trotzdem, dass er mich damit meinte. Doch natürlich tat er das nicht.

»Und? Was genau läuft hier jetzt?«, versuchte ich es ein weiteres Mal.

Die beiden reagierten nicht.

»Oh, toll«, sagte ich sarkastisch. »Wart ihr eigentlich nur zusammen oder seid ihr vielleicht aktuell wieder zusammen?«

»Nein!«, riefen beide und wechselten einen kurzen Blick.

Dieser Blick sprach Bände. Ich glaubte ihnen, dass sie gerade nicht zusammen waren, aber es war deutlich zu sehen, was beide wollten.

»Ben«, sagte ich.

»Ja?«

»Stimmt denn diese Geschichte mit dem Mädchen, das dir im Schwimmbad die Zukunft vorausgesagt hat? Oder hast du bloß mit mir angebändelt, um deine Ex-Freundin eifersüchtig zu machen?«

Er sah – das zumindest muss ich ihm zugestehen – sehr schuldbewusst drein, als er leise sagte: »Es stimmt beides. Ich mag dich auch, Ali.« Er warf Katya einen schnellen Blick zu, um zu sehen, wie sie reagierte. »Aber ...«

»Schon klar«, erwiderte ich so locker wie möglich, während mir bereits alle möglichen Rachefantasien für das nächste Schuljahr durch den Kopf gingen. Vielleicht würde es ja wieder eine Theaterproduktion im Gemeindesaal geben ...

Ich sah Katya eindringlich an. »Und was ist jetzt mit dir und Louis?«

Sie bedachte mich mit einem beinahe giftigen Blick und erwiderte: »Du weißt genauso gut wie ich, dass er auf dich steht. Was soll das? Willst du eigentlich alle Jungs für dich allein haben?«

»What the fuck???«, hätte ich am liebsten geantwortet.

Stattdessen fragte ich: »Ich? Du bist doch diejenige, die erst Louis hatte und jetzt Ben. Oh, Ben hattest du ja schon früher, ganz vergessen! Entschuldige uns bitte kurz.«

Ohne ihre Antwort abzuwarten, zog ich Ben ein Stück beiseite, und sagte, so leise es mir in meiner Aufgebrachtheit möglich war: »Ich will das nicht vor Katya besprechen, vielleicht weiß sie ja nichts davon. Aber warum hast du mich gestern geküsst, obwohl du eindeutig sie willst?«

Er schaute zu Boden. »Ich weiß es nicht. Ich mag dich wirklich. Aber immer wenn ich Katya sehe ...« Plötzlich hob er den Kopf und sah mich aus seinen dunkelblauen Augen ernst an. »Gibst du mir noch ein wenig Zeit?«

Ich war perplex, hatte ich ihn doch schon längst verloren geglaubt. Meinte er das ernst, dass vielleicht doch noch was aus uns werden konnte? Aber wollte ich wirklich darauf warten, dass er sich letztendlich doch für Katya entschied?

»Ich weiß es nicht«, erwiderte ich und drehte mich weg.

»Ali!«, rief er mir nach.

»Ja?« Ich fühlte mich wie die tragische Heldin, als ich stehen blieb. »Was denn noch?«

»Ich glaube, du hast immer noch mein Handy.«

Er zog etwas aus der Hosentasche. Mein Handy.

»Warum hast du es mir nicht schon viel früher gegeben?«, fragte ich ihn.

»Weil ich …« Er zuckte verlegen mit den Schultern und schaute kurz zu Katya rüber.

»Was?«, bohrte ich nach. »Hat es so lange gedauert, bis du all meine Nachrichten gelesen und angehört hast? Wolltest du ganz genau wissen, was ich so über Louis sage? Zum Beispiel, ob er noch mit Katya zusammen ist?«

»Ali …«, begann er.

»Vergiss es«, sagte ich. »Hast du unsere Handys vielleicht sogar absichtlich vertauscht? Wie hast du das überhaupt gemacht?«

»Was? Nein, das war keine Absicht! Das ist im Krankenhaus passiert. Ich hab mein Handy auf dein Nachtkästchen gelegt, als du … du weißt schon … und dann erst im Auto gemerkt, dass ich gar nicht meins eingesteckt hatte … ich … fand das irgendwie süß, was du da im Theater über mich gesagt hast …«

Mein Herz setzte für einen Moment aus.

Er wusste es!

»Du fandest das süß? Im Ernst?«

Er nickte.

Mein Blick wanderte von ihm zu Katya, die uns angespannt beobachtete und sich genauso unwohl zu fühlen schien wie ich.

Verdammt, sie stand immer noch auf Ben, es war ihr deutlich anzusehen.

»Alles Gute euch beiden«, murmelte ich und wandte mich ein weiteres Mal zum Gehen.

»Ali ...«, sagten beide fast gleichzeitig.

»Ist schon okay. Alles bestens«, bekräftigte ich, dann rannte ich davon.

Ich hasse die Liebe.

23:40 Uhr. Ben ist heute Nachmittag abgereist. Katya war am Abend nur noch grinsend mit ihrem Handy beschäftigt.

Tja, und ich? Ich weiß überhaupt nicht, wo mir der Kopf steht.

Ben, Louis ... Ben, Louis, Ben ...

Soll ich jetzt untröstlich sein, weil Ben Katya immer noch liebt? Mich über das freuen, was Katya mir erzählt hatte – dass Louis auf mich steht? Oder verdammt wütend sein, weil Louis mir scheinbar nichts zu sagen hat?

Tante Ida hat vorhin kurz in meinem Zimmer vorbeigeschaut. Ich war ihr echt dankbar, dass sie gar nicht erst versucht hat, mich auszufragen, sondern mir von ihrer Beziehung zu Lenas und Lukas' Vater und zu ihrer Hassliebe zu Heinrich Groß-Denk erzählte.

»Du hast da schon witzige Männer um dich herum«, stellte ich schließlich fest.

»Oh ja«, gab sie mir recht und stand auf. »Übrigens, weil du mich mal nach Rigo gefragt hast ...«

Sie lächelte, während sie gleichzeitig den Kopf schüttelte, als könnte sie es selbst kaum glauben. »Er ist Katyas Halbbruder. Sein Vater ist ...«

»Was?«, entfuhr es mir.

»Ja. Als ich Heinrich, Katyas Vater kennenlernte, war Rigo drei Jahre alt. Seine Mutter war gerade gestorben. Ich weiß nicht, ich hatte immer das Gefühl, ich muss ein bisschen Verantwortung für den Jungen übernehmen.«

Mir fiel die Kinnlade herunter. »Ahaaa. Aber warst du denn lange mit Heinrich zusammen?«

Sie sah mich ganz entsetzt an. »Großer Gott, nein! Ich lass mich doch nicht auf eine Beziehung ein. Nie. Niemals. Ich verbringe manchmal gerne Zeit mit bestimmten Männern. Aber ich bin doch nicht blöd und fang an, für die zu putzen und zu kochen. Ha!«

Ich richtete mich auf meinem Bett auf. »Tante Ida, warum denkst du eigentlich, dass es nur Männer gibt, die sich bedienen lassen? Mein Vater zum Beispiel, der kocht, der putzt, der ...«

»Ja.« Plötzlich lächelte sie. »Siehst du, da hat deine Mutter vielleicht einmal was besser gemacht als ich.« Sie zwinkerte mir zu. »Na, vielleicht sogar zweimal. Wäre vielleicht doch ganz schön gewesen, ein Kind zu haben. Aber ich habe mit Rigo eigentlich schon genug zu tun.«

Und während ich ganz gerührt zurückblieb (weil sie

ja irgendwie was total Liebes über mich gesagt hatte), rauschte sie aus dem Zimmer und sah – zum Glück – recht zufrieden mit sich und der Welt aus.

Mittwoch, 23. August

Status: Großartig! ☺

23:00 Uhr. Ein paar Tage bleiben mir noch hier. Ein paar Tage, die richtig schön werden können ...

Man glaubt es kaum, doch heute hab ich eine Nachricht von Ben bekommen. Er schrieb: »Freue mich schon, dich in der Schule zu sehen, Ali!«

Es ist zwar irgendwie schmeichelhaft, dass mein (Ex-)Schwarm mir endlich mal eine Nachricht geschrieben hat, allerdings ist er mir die letzten Tage immer gleichgültiger geworden nach dem ganzen Hin und Her zwischen Katya und mir.

An Louis dagegen musste ich ständig denken. Er hing zwar genauso an Katya wie Ben, aber der hat mich zumindest nicht geküsst und am nächsten Tag sitzen lassen!

Heute ist mir übrigens endgültig der Kragen geplatzt. Also in Bezug auf Louis. Was genau hab ich ihm gegenüber denn falsch gemacht, dass er mich so völlig ignoriert? Diese Frage habe ich mir die ganzen letzten Tage ungefähr hundertmal gestellt.

Als ich mich auf die Suche nach ihm machte, um

ihn endlich zur Rede zu stellen, fand ich ihn lustigerweise beim Bullen. Er war alleine dort und saß auf dem ausgeschalteten Bullen.

Je näher ich kam, desto heftiger schlug mein Herz. Die Wut, die ich die letzten Tage verspürt hatte, weil er sich mir gegenüber so ablehnend verhielt, war immer noch da, aber bei jedem Schritt, den ich auf ihn zumachte, stieg auch die Sehnsucht nach ihm an.

Trotzdem war mein Tonfall schneidend, als ich ihn ansprach. »Hi, Louis!«

Er zuckte leicht zusammen und wirkte fast ein wenig ertappt. Allerdings drehte er sich nicht zu mir um. »Hi … Ali«, gab er angespannt zurück, ohne mich anzusehen. Der Gedanke, dass er meine Stimme so gut kannte, elektrisierte mich regelrecht.

Ich blieb hinter ihm stehen und die Worte kamen mir immer noch sehr forsch über die Lippen. »Kannst du mir vielleicht mal sagen, was los ist?«, bellte ich ihn fast an.

»Wieso? Was soll denn los sein?«

Mich kannst du mit diesem vorgetäuscht gelangweilten Tonfall nicht reinlegen, dachte ich.

»Das weißt du ganz genau«, sagte ich sehr bestimmt. So kannte ich mich gar nicht. Doch dieser Kerl brachte mich so richtig auf die Palme.

Dann besaß er auch noch die Dreistigkeit zu behaupten: »Nein, ich glaube nicht, dass ich weiß, was du meinst.«

Das war der Moment, in dem ich am liebsten in bester Lena-Manier zu fluchen und zu schimpfen begonnen hätte.

»Okay, dann erkläre ich es dir eben, Louis.« Ich holte tief Luft. »Ich komm über den Sommer hierher zu meiner Tante und da ist auf einmal dieser Typ, der so nett zu mir ist. Ja, du.«

Ich lachte. »Allein, wenn ich daran denke, wie oft du mich gerettet hast ... Und irgendwie ... dachte ich manchmal, da ist irgendetwas zwischen uns.«

Ich unterbrach mich kurz, um mich zu sammeln, weil ich ihm nicht zeigen wollte, wie sehr mich seine Ablehnung traf.

»Aber dann höre ich immer wieder, dass du doch immer noch mit Katya zusammen bist oder mit ihr zusammen sein willst. Was ja okay ist, keiner – ich schon gar nicht – erwartet von dir, dass du dich für mich interessierst ...«

Keiner außer mir. Bitte interessier dich für mich. Bitte!

Sein Rücken blieb stocksteif, doch ich konnte sehen, dass er auf einmal schneller atmete, und begann zu hoffen, dass ihm dieses Gespräch vielleicht doch nicht so egal war, wie er tat.

»Aber weißt du, was mich wirklich ärgert?«, fuhr ich fort und merkte, dass ich mich langsam in Rage redete. »Es ärgert mich wahnsinnig, dass du seit ein paar Tagen so tust, als wäre ich Luft für dich! Gut, mach das. Mach einfach, was du willst, aber ich fände es fairer, wenn du mir wenigstens den Grund dafür nennen würdest!«

Du Arsch, fügte ich in Gedanken dazu.

Eine lange Pause entstand, in der ich hin und her überlegte, ob ich mich noch mehr in meinen Zorn reinsteigern oder ob ich einfach abhauen sollte. Stattdessen tat ich etwas ganz anderes. Ich weiß nicht, woher ich den Mut nahm, aber in diesem Moment zog mich einfach alles zu ihm hin.

Während er dort weiter auf dem Bullen saß und mir stur den Rücken zukehrte, kam ich immer näher, so nahe, bis ich ihn hätte berühren können.

Plötzlich wurde Louis aktiv. Er drehte sich halb zu mir um, packte mich an der Taille und zog mich vor sich auf den Bullen.

Allein, wenn ich diese Zeilen schreibe, bleibt mir direkt wieder die Luft weg. Ich muss sicher nicht erwähnen, dass ich plötzlich so aufgeregt war, dass ich kein Wort herausbrachte.

Louis hatte mich so fest an sich gezogen, dass ich spüren konnte, wie sich seine Brust beim Atmen bewegte.

»Ich weiß selbst nicht, was mit mir los ist«, flüsterte er.

»Wie meinst du das?«, flüsterte ich zurück.

Er holte so tief Luft, dass ich fast an ihm klebte wie Zuckerwatte. »Ich habe bis vor Kurzem noch etwas an Katya gehangen.«

Etwas, hoho. Dass ich nicht lache, dachte ich.

Erneutes tiefes Luftholen. »Und dann kamst du hier an … und … ich gebe zu, dass ich anfangs versucht habe, Katya eifersüchtig zu machen …«

Oh, dachte ich, *hätte gar nicht gedacht, dass ich mich so gut zum Eifersüchtigmachen eigne …*

»Aber dann … ich fand dich so nett und lustig.«

Okay, bitte gerne weiter Komplimente machen, während ich deine Nähe in mir aufsauge …

»Und hübsch.«

Was?

Bin ich froh, dass mir dieses Was nicht laut rausgerutscht ist.

»Und als du in der Märchenbahn plötzlich so … schutzbedürftig warst, das fand ich süß. Denn sonst kannte ich dich nur als starke Kämpferin.«

»Kämpferin?«

Meinte er wirklich mich?

»Ja.« Er stockte kurz, während ich mit angehaltenem Atem darauf wartete, dass er endlich weitersprach.

»Es war echt beeindruckend, wie du dich den Autoskootern gestellt hast. Man hat sofort gemerkt, dass das absolut nicht deins ist, aber du hast nicht einfach aufgegeben, sondern bist es immer wieder angegangen.«

Hmm, das stimmte schon. Mit den Autoskootern hatte ich mich mittlerweile angefreundet. Bei Schwarzer Peter sah das Ganze allerdings anders aus. Da war ich wirklich kurz vorm Aufgeben gewesen.

Als hätte er meine Gedanken gelesen, fuhr Louis

fort: »Und dann das Pony. Wir wussten alle, wie sehr du dich davor fürchtest, aber trotzdem bist du wieder hingegangen.«

Na ja, Rigo sei Dank. Mir war ja gar nichts anderes übriggeblieben.

Mensch, ich hätte nie gedacht, dass ich Rigo mal für irgendwas dankbar sein würde! Aber tatsächlich hatte ich nur deswegen meine Angst vor Pferden überwunden.

Plötzlich spürte ich Louis' Hände an meinen Hüften. Huiuiui, ich musste aufpassen, dass ich nicht zu hyperventilieren anfing! Seine Nähe war besser als alles Karamell der Welt.

»Du bist das tapferste Mädchen, das ich kenne, Ali.«

Ich hielt die Luft an, weil ich nicht glauben konnte, was er da gesagt hatte. Ich meine, teilweise halte ich mich ja selbst für maßlos tapfer – aber dann bin ich auch wieder so ein Angsthase ...

Doch Louis sah das anders. Und anders als bei Ben habe ich nie versucht, ihn zu beeindrucken. Ich war einfach ich gewesen.

Eine Pause entstand.

Ich lehnte mich etwas zurück, um ihn anzusehen – und da küsste er mich endlich.

Wow, kann ich nur sagen. Und: Oh, mein Gott!

Er flüsterte: »Ich mag dich sehr gern ...« Und dann: »Pass auf, der Knopf!«

Jaaaaa ... ich hatte nicht so ganz aufgepasst ... jaaa, der Knopf ... aber wie sollte ich denn auch wissen, dass dieses Bullending dermaßen einsatzbereit war?

Auf einmal lagen wir auf der Matte, Louis und ich. Abgeworfen vom Bullen.

Und trotzdem war es so schön wie nichts zuvor in meinem Leben.

Samstag, 2. September

Status: Alles ist zuckerwattenrosa! Besser geht's nicht!

22:00 Uhr. Morgen geht es für mich wieder nach Hause, aber ich komme natürlich wieder!

Die letzten Tage haben Louis und ich nur noch als Besucher in Disneytown verbracht. Tante Ida hat endlich einen neuen Mitarbeiter gefunden und wir haben die gemeinsamen freien Tage in vollen Zügen genossen.

Ich fühl mich ganz kindisch, weil ich immer wieder kichern muss (natürlich nur heimlich – Louis darf das nie, nie, nie hören!). Es ist einfach so schön, einen Freund zu haben, Hand in Hand durch Disneytown zu schlendern, dabei Langos oder Zuckerwatte zu naschen …

Ich werde ihn so vermissen. Oh Mist, jetzt heul ich gleich wieder.

Aber soo weit sind wir ja nicht voneinander entfernt. Und theoretisch könnte ich in Freiburg wunderbar Tiermedizin studieren. Oje, Mama würde ausflippen, wenn sie wüsste, was ich für Pläne schmiede. Louis hat aber auch schon gemeint, dass es eine tolle

Pilotenschule in München gibt, und das wiederum ist ja ganz nah bei mir …

Egal, ich denke viel zu viel über die Zukunft nach, obwohl ich die gar nicht beeinflussen kann.

Außerdem gibt es aus der Gegenwart so tolle Dinge zu berichten!

Ich hab Trixie gesteckt, dass Gustav sie total mag – und was macht die coole Frau daraufhin? Geht einfach zu ihm und sagt: »Du, ewig möchte ich aber nicht mehr warten. Also, frag mich schon.«

So süß, die beiden wollen echt heiraten! Als Trixie mir das erzählt hat (und mich gefragt hat, ob ich Brautjungfer sein möchte), hätte ich am liebsten sofort Louis einen Antrag gemacht. Ich hatte plötzlich auch so Lust aufs Heiraten.

Aber ich versuche gerade, ein bisschen vernünftiger zu sein. Springe seitdem auch gleich viel seltener in Fettnäpfchen. Hurra!

Ben hat mir keine weitere Nachricht mehr geschrieben, aber ich habe ihm auch nie auf seine erste geantwortet. Das hätte ich einfach total unfair Katya gegenüber gefunden. Ich hoffe, er behandelt sie gut, denn sie ist eigentlich wirklich sehr nett.

Bin heute schon den ganzen Tag am Hin- und Hertexten mit meinen Freundinnen. Hab sie so schmählich vernachlässigt die letzten Wochen, aber ich freue mich total, sie wiederzusehen!

Ehrlich gesagt freu ich mich auch schon auf meine Eltern. Die waren richtig enttäuscht, dass ich nicht schon vor ein paar Tagen heimgekommen bin … na ja, ab morgen haben sie mich ja wieder. Bin sehr gespannt, was sie zu der Neuigkeit sagen werden, dass ich einen Freund habe.

Joe hat sich endlich ein Hörgerät anpassen lassen. Anscheinend hat seine neue Ohrenärztin ihn davon überzeugt. Sie soll sehr hübsch sein. ☺

Seitdem versteht er uns alle viel besser. Er sagt aber immer noch Wälli zu mir. Egal, ich verbessere ihn nicht. Er ist einfach ein total lieber Kerl.

Sogar Rigo ist ganz in Ordnung … hach, ich bin heute so sentimental. Am liebsten würde ich quer durch Disneytown laufen und alle Leute umarmen.

Vorhin hab ich mit Lena und Lukas gesprochen. Ich hab ein wenig herumgedruckst, weil ich nicht wusste, ob sie es wissen … aber ja, sie wissen, dass ihr Vater und Tante Ida sich diesen Sommer ordentlich nah gekommen sind – mal wieder, denn anscheinend ist das nicht der erste Sommer, in dem sie herumturteln wie Teenager. So ganz hat es bisher nie gehalten, aber wer weiß …

Gestern habe ich die beiden schon wieder hinterm Autodrom rumknutschen sehen. Darauf hätte ich, zugegeben, verzichten können. Aber ich freue mich sehr für Ida und bewundere sie für ihre Stärke – denn ich weiß, selbst wenn das mit den beiden nicht halten wird, wird sie auch alleine ihr Glück finden.

Hach ja, Tante Ida … der Abschied von ihr wird mir

besonders schwerfallen. Aber sie hat mich tatsächlich gefragt, ob ich Lust hätte, nächsten Sommer wieder bei ihr zu arbeiten.

Ich bin ihr spontan um den Hals gefallen.

Dieser Sommer war einer der geilsten meines Lebens! Natürlich werde ich wiederkommen!

Ich hab dauernd das Bedürfnis, ganz tief einzuatmen, um möglichst viel von dieser Sommerluft aus Disneytown mit nach Hause zu nehmen. Es riecht nach Würstchen, nach Langos, nach süßester Zuckerwatte und den besten Karamellbonbons aller Zeiten.

Und nach Freiheit, nach Wiese und Zitronen ... nach Louis.

Wow, verdammt, ich bin so was von verliebt! ☺

Kerstin & Noa Kropac

Erdbeereis ist auch keine Lösung

Cosi ist am Boden zerstört. Lenni, ihre große Liebe, hat mit ihr Schluss gemacht! Da findet ihre beste Freundin Klara Hilfe: Ihre Lieblings-YouTuberin postet täglich einen todsicheren »Ex zurück«-Tipp! Was dort so leicht klingt, macht die Sache jedoch erst recht kompliziert. Durch einen blöden Zufall kriecht Cosi direkt vor seinen Augen aus einer Mülltonne – ist das jetzt geheimnisvoll oder einfach nur total peinlich? Und soll sie wirklich mit dem Klassen-Nerd flirten, um Lenni eifersüchtig zu machen? Da ist Chaos vorprogrammiert! Zum Glück kann Cosi auf ihre beste Freundin zählen – und auf ihr Herz.

Arena

Auch als E-Book erhältlich

240 Seiten • Klappenbroschur
ISBN 978-3-401-60260-8
www.arena-verlag.de